退休逍遙遊

（二）

俄羅斯

蒙古國

中國北京

余陳賽珊 著

退休逍遙遊（2）

俄羅斯 - 伏爾加河之夢🛳 西伯利亞火車之旅🚂

香港 Hong Kong ✈ Beijing 北京 ✈ Moscow 莫斯科

伏爾加河之夢

河船遊航程：
1. 莫斯科 Moscow
2. 烏格利奇 Uglich
3. 雅羅斯拉夫爾 Yaroslavl
4. 哥維列斯 Goritsy
5. 基日島 Kizhi Island
6. 文多治 Mandrogi
7. 聖彼得堡 St Petersburg

西伯利亞火車之旅

火車遊行程：
一. 聖彼得堡
　St Petersburg
二. 莫斯科 Moscow
三. 葉卡捷琳堡
　Yekaterinburg
四. 新西伯利亞
　Novosibirski
五. 伊爾庫茨克 Irkutsk
六. 烏蘭巴托
　Ulaanbaatar
七. 北京 Beijing

回程——北京 Beijing ✈ 香港 Hong Kong

目錄

伏爾加河之夢

西伯利亞火車之旅

INTRODUCTION

This book is more than a typical travel book in three major distinctions.

1/ Variety

The author introduced many parts of the world that we usually thought not worth the time and efforts to visit.

Yet, these locations certainly bring to the traveler different angles of history and lifestyles of humankind.

2/ Emotions

Due to the unique selections of locations, the reader will experience emotions as if they themselves are physically there!

The author continued to vividly describe the various aspects of the attractions that the readers can certainly echo the author's emotions as richly shown through her excellent writing.

3/ Growth

As we learned the history and embraced by the location scenery, we can feel we are learning and growing our understanding of human beings.

This benefit is beyond the mere enjoyment of picturesque sights, as generally offered by typical travel books.

All in all, for those travelers who wish to learn the true value of traveling, this book offers certain unique insights of numerous world-wide places for us to experience and benefit!

Prof Philip Cheng
鄭樹英教授
October 22, 2018

序言　2

　　旅遊的確是一大樂事，可以選擇陽光海灘休閒式、或純粹觀光看風景式或深度文化探索式，各適其適。於我來說，文化探索的旅遊最有價值，因為在觀光看風景時，又能提升旅遊為人生開心學習的一部分，可以親身體驗、認識世界！

　　我從心底欣賞賽珊，欣賞她的生活哲學，欣賞她獨有的氣質、親切的笑容，她永遠好奇又認真、有魄力。她的生活哲學在旅遊上體現得淋漓盡致，這不但是一種可貴的人格素質、非常重要的處事能力，同時也是一門生活藝術！從她計劃行程、實踐至寫遊記，全程投入，享受深入研究每一細節、享受每一活動、活出健康、豐盛的人生。

　　賽珊絕對是專業旅行家，跟著她玩絕對開心，有新意、夠特別、有深度，令人眼光大開，令旅程滿載而歸，身心舒暢！大部分人去俄羅斯只會去莫斯科及聖彼得堡，雖然此兩城市行程已經甚為豐富，但有賽珊帶領，見識絕對不止於此。

　　她介紹我們坐河輪，領悟「伏爾加河之夢」，此河是俄國歷史搖籃，俄羅斯人的母親河，有特別的文化意義；有別於海輪，河輪可停靠的地點多位在市區中，行程更能深入河流域中的地區，欣賞明媚風光之餘，又可多角度了解當地文化，真有趣！

　　賽珊另外好介紹：西伯利亞火車之路，也非常吸引我。旅行的方法很多種，但鐵路旅行最為特別。凝望著火車窗外掠過的草原、森林、湖泊、村落、田野、城市及人們……留在腦海裡的印象，遠比任何旅途記憶更深刻。我曾經坐過穿過洛磯山脈的火車，有過難忘的經驗！這世界最長的西伯利亞鐵路，是唯一橫跨歐亞大陸和神秘的西伯利亞、有多國體驗（俄國、蒙古、中國），令人有興奮及美麗的回憶！

現今社會普遍認同「勤有功，戲有益。」的確如是，旅行其中一重要收穫就是有新的啟發，它可以是很細膩的個人啟發，例如從俄羅斯的建築、音樂、文學、美食等有所領悟；仔細想，為何一個看似粗豪的民族，卻能把芭蕾舞這樣精細的藝術跳得最好？也可以有比較宏觀的啟發，例如社會政治變化；俄羅斯為全球領土最大的國家，與十四個國家為鄰，橫跨歐亞兩洲，匯集著東西方許多民族文化習俗，有輝煌歷史、卓越人物、藝術經典、科技軍事成就，對全人類的文明進步產生了極大的影響；試想想，為何俄國可以一直在改變世界？在俄羅斯走一轉，肯定引起很多聯想，自然地產生無限的靈感啟發！

我深深被賽珊感染著，希望也能保持赤子之心，保持年輕、活躍、愛探索心態，也希望像其他讀者一樣，可以依照她的旅遊指南，走訪俄羅斯每一角落，體驗生活又學習、積累見聞、積累一生財富、不斷成長、又開心地活著！

劉愛詩 (Alice Lau)

美國教育顧問

作者簡介

我在建築業界工作多年，在 2008 年變成一個雷曼苦主，經歷美國金融爆破，雷曼兄弟破產，我承受了大量的金錢損失，自此驚覺金錢的真正作用和功能，我開始分散投資，投資在有限的生命裏，令它更豐富，更充實，更有意義！我到世界各地去旅遊，擴闊自己的眼光；學中醫，使之健康養生；學歷史，知古而看今；睇歌劇，了解更多各地的文化進程；做義工，開拓心懷去感受人生。感謝上天，賜我今生為人，讓我感受人生中的喜怒哀樂，也有機會讓我看看世界各地其他人的喜怒哀樂。這本書是我從北京飛往俄羅斯首都莫斯科，參加伏爾加河河船旅行團，和接着的西伯利亞火車之旅的自由行經歷和體驗。在旅途中，我們親身體驗俄羅斯的文化，俄國人外冷內熱的豪情，和俄國在短短的數百年間，由一個不為人知的內陸小國，演變成現代人所共知的強國；還有到訪蒙古國的草原牧民，感受大漠風光和我們中華民族與蒙古國之間的千絲萬縷情懷，漢滿蒙的歷史變遷；旅程尾段，我們到訪北京，親眼目睹北京在近三十多年的改革變化等，都是我寫此書的目的，希望與各位讀者分享。

作者　余陳賽珊

前言

退休消遙遊（2）（俄羅斯－伏爾加河之夢 西伯利亞火車之旅）

香港人持特區護照到俄羅斯和蒙古國旅遊，可享 14 天免簽証。如只參加俄羅斯的 13 天河船旅遊團，是不用申請俄羅斯簽證入境，便可成事，但今次的旅程，除了參加伏爾加河之夢 Volga Dream 旅遊團之外，還會延續

聖彼得堡的火車站和我們所有的行裝

我們在俄羅斯多個城市的西伯利亞火車之旅，到訪多個俄國城市，所以必須申請簽證以延長逗留時間。俄羅斯的旅遊簽證是不會批多於 30 天的，所以我們的逗留時間也不可多過 30 天。在俄羅斯旅遊，切記勿超過 30 天，否則很麻煩，聽說俄國政府會不問情由抓人，判坐牢和罰款的。

在香港申請俄羅斯簽證，其實很方便，上網了解手續後（網址：www.vfsglobal.com），帶齊所需文件到香港的灣仔區，俄羅斯簽證辦事處（上網先查清楚地址位置）辦理便可。簽證處的人員很友善，可以英語溝通。

40 天的行裝:每人各自帶一個 24 吋至 26 吋中旅行箱,背一個背包(背囊)。各自的旅行箱和背包內帶備各自的護照、手機、相機、記憶卡、望遠鏡、信用卡、美金、歐羅、頸枕;日用品則包括三套短袖夏天衣服、三套秋涼的衣服、三套冬天厚衣服、一套河船迎送晚宴晚裝、游泳衣、數套內衣褲和襪子、自各所需藥物、拖鞋、跳舞鞋、晚宴用的小手袋、護膚品、輕便化裝品、晚宴首飾(只在晚宴時帶上,平日上街忌帶)、雨衣、雨傘、運動鞋穿在腳上上飛機;每天手洗更換下來的衣服,以上的行裝足夠有餘。

下載 MAPS.ME GPS 離線地圖與路線

想旅遊時離綫取得你所在的位置或想去的地方,你可在出發前在手機下載 MAPS.ME GPS 離線地圖的 apps,及下載要到的當地旅遊地圖,同時也要下載另一個 GPS Test 的 apps 作為輔助使用。在到達當地時,首先開啟手機上的 GPS Test 的定位功能,當確定已棆收到定位信號後,再開啟 MAPS.ME,就可以即時看到當時你所在的位置或想去的地方了。

MAPS.ME GPS 離線地圖與路線

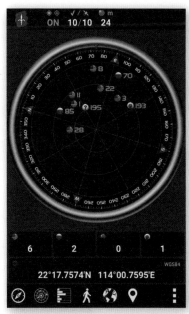

AndroiTS GPS Test

伏爾加河之夢🚢—俄羅斯（河船遊從莫斯科伏爾加河🚢聖彼得堡涅瓦河）

我們參加的伏爾加河之夢 Volga Dream，是個十三天，十二晚的河上河船旅行團，由莫斯科出發，其中六晚在河船上居住，河船沿着伏爾加河向西航行，到達聖彼得堡，或由聖彼得堡航往回莫斯科的旅程。（詳情可上網在搜尋器上打上「Volga Dream」便有 website 可供查閱）這裏我只作簡略的介紹：整個河船旅行團節目，是由莫斯科開始，前三晚住在莫斯科市內五星級的 Marriott Aurora 奧羅拉萬豪酒店，它就在莫斯科紅場附近。接着的六晚，會住在河船上，順着河流向西航行，其間會上岸遊歷 5 個小鎮，途經 4 個水庫或湖泊，最後到達聖彼得堡，住三晚聖彼得堡市內的五星級酒店（Kempinski Hotel Moika 22 凱賓斯基莫尼卡 22 酒店，在隱士盧博物館旁）第十三天離團。全程十三天，由下飛機開始到離團止，都有專人接待和高級轎車接送來回莫斯科或聖彼得堡機場。

我們在網上預訂一年後的 7 月 14 日 開始，從莫斯科駛往聖彼得堡的伏爾加河之夢的黃金級船河團 Volga Dream Gold Program， 可享九折優惠。黃金級船河

Volga Dream 河船

團比較便宜和有較多私人時間，自己可到處走走，感受一下真正的俄羅斯。（九折後的團費是 € 2830/ 人，包括所有來回機場接送、酒店費用、導遊費、河船費及在船上所有餐飲，船上和岸上所有節目）是個值得推薦的船河旅遊節目。

西伯利亞火車之旅☙—火車遊從俄羅斯☙蒙古國☙中國

　　西伯利亞火車之旅是由聖彼得堡（俄羅斯）到烏蘭巴托（蒙古國首都），到北京（中國首都）的 26 天火車自由行。

　　這個火車之旅的行程是我們自己安排的自由行旅程，有別於之前伏爾加河之夢 Volga Dream 的河船之旅（大部分的住宿和節目，都有專人安排）。火車之旅的分段火車票，是我們在出發前已預先網購辦妥好，（俄國的火車購票網站 website：www.russiantrains.com 直接購買）票價收費比實際高但服務很好，可信性也很高，我們買的在俄羅斯國內的各程火車票，在第一天到達莫斯科的萬豪酒店時，已交到酒店的服務台，再轉交我們手上了；由烏蘭巴托到北京的那程火車票，也在我們到達烏蘭巴托的酒店當天送達到我們手上，這省卻了不少在俄羅斯和蒙古國內買火車票的困難和不確定。

俄羅斯火車

蒙古國火車車廂

中國普通火車車頭

北京首都機場附近小區

☆北京市繁華背後的另一面☆

從香港到莫斯科，可選擇在香港直航飛或在北京直航飛。我們選擇了來回飛北京（飛機票價HKD3300/人），在北京住一晚，翌日再優閒地從北京單程飛莫斯科（飛機票價HKD3200/人）。

7月13日黃昏我們抵達北京首都機場，入住機場附近的北京國都大飯店（3.5星級，HKD580/晚，不包早餐，免費機場接駁車）。在酒店附近已有食店，頗方便。翌日中午11時許，我們便乘8小時多的飛機航程飛往莫斯科，開始伏爾加河之夢 Volga Dream 之旅了。

機場附近小區的街道

與當地居民吃早餐

7月14日早上起來，走到北京的首都機場附近小區逛逛，吃個地道的早餐，體驗一下北京原居民生活的點滴。這小區的街道頗狹窄，兩旁沒有高樓大廈，只有三至五層高的舊樓房，有很多食店和小商店。早上的居民很忙碌，大都是趕著上班的人羣，早餐店內的人大都是趕緊吃早餐後上班或上學的人，店員看到我們是外來人都很友善招呼和打點。這裡的人民生活樸實忙碌，沒有大都市的繁忙和急趕，是北京市繁華背後的另一面。

伏爾加河之夢
Volga Dream

1. 莫斯科 Moscow
2. 烏格利奇 Uglich
3. 雅羅斯拉夫爾 Yaroslavl
4. 哥維列斯 Goritsy
5. 基日島 Kizhi Island
6. 文多治 Mandrogi
7. 聖彼得堡 St Petersburg

Moscow 🚢 St. Peterburg

伏爾加河上風光

第1站 莫斯科
Moscow (Москва)

☆與中國文成公主齊名的蘇菲亞公主☆

　　7月14日，由北京飛往莫斯科，飛行時間8小時15分，北京是5小時前於莫斯科。飛機在莫斯科下午2時許到達謝列梅捷沃 Sheremetyevo 國際機場。入境時要排很長的隊過關，關員對之前過關的旅客問得很詳細，但輪到我們時卻很順利和友善，可能是 Volga Dream 的河船遊公司早已與當地的入境處打了招呼吧，因我們報名及交費後，河船公司多次要求我們給他個人資料，以便給我們申請入俄證。

　　出了關閘，穿著西裝的司機拿著 Volga Dream 的紙牌，上面寫著我的名字，坐在椅上，有氣沒氣的等著，看來是來了很久，也等了很久吧！他知道我們出來後就立即精神起來了，趕快的領我們到停車場，上了預早泊好的 VIP 房車，向着市中心的方向駛去了。

莫斯科的街道

　　車子走在莫斯科的街道上，街道很寬闊，很多蘇聯式的建築物在街道兩旁。車子駛入市中心，漸漸的，人也多了，看見不少俄羅斯人在街上很輕鬆寫意的往來，有些年青人還在街頭設置的鞦韆架上盪鞦韆呢！這是我們旅遊國外，在其他地方很少見的現象，成年的年青人，還在街上玩這種可愛的玩意！後來才知

街道上蘇聯式的建築物

道，原來俄羅斯人很喜歡盪鞦韆的，鞦韆架在莫斯科的街頭是一種很常見的設施，哈！真好玩，之後的自由行日子裏，我也忍不住坐上鞦韆架上盪來盪去，輕鬆浪漫一番呢！

莫斯科街頭設置的鞦韆架

車程約 30 分鐘便到達莫斯科市內的 Marriott Aurora 奧羅拉萬豪酒店，一間座落在紅場附近的五星級酒店。辦理入住酒店後，Volga Dream 的招待人員便很有禮貌向我們介紹明天開始的導遊行程和時間表了。因莫斯科與北

街上輕鬆寫意的年輕人

京的時差是遲 5 小時，我們開始有些困倦，吃了輕便的晚餐後，便回房休息，準備明天的好節目啦！

豐富的五星級酒店早餐

7 月 15 日，早上起來，是 5 時許，6 時酒店才有早餐供應，10 時正，導遊先生 Alex 才到酒店會合我們。吃過早餐後，還是很早，於是與外子走到酒店外逛逛，看看周遭的環境和早上街道上的情況。

早上的街道是靜靜的，但一點也不冷清，太陽是光光的（每年的五月尾起至七月尾止是俄羅斯的白晚 White Night，日長夜短嘛！）。在酒店旁就有一處裝飾得很美麗浪漫的行人專用

行人專區上的一隻漂亮大蝴蝶裝飾

區，一隻漂亮的大蝴蝶裝飾，停放在行人專用區的街頭處。行人專用區內只有寥寥的數個趕上班的人兒，專用區內裝飾得美侖美奐，浪漫趣緻的攤檔還未開門。街上的車輛也很稀疏，整個城市還未入狀態，是我們太早出行了！走到酒店對面馬路的行人路上，俄羅斯聯邦總檢察長辦公室 Generalnaya Prokuratura Rossiyskoy Federalsii 就在我們酒店的對面，閘門外鑲有一個戴了三個皇冠的雙頭鷹金屬徽章，是俄羅斯的國徽。

俄羅斯的國徽

俄羅斯的國徽

現在俄羅斯的國徽是三個皇冠架在雙頭鷹的頭上，兩鷹爪抓住權杖和帶十字架的地球體，中間的方框內是個手持長矛騎在白馬上的英雄，馬腳踏著像蛇又像飛龍的怪獸。皇冠下的兩頭鷹面向相反方向，代表地球的東西兩面，中間的皇冠是統一和主權之意，是俄羅斯帝國 1667 年時開始使

俄羅斯的國徽

用的國徽。俄國用此雙頭鷹徽章其實是起源於中世紀時期，俄國第一個沙皇 Tse 伊凡三世，在 1473 年迎娶了拜占庭末代皇帝的姪女蘇菲亞公主之後所採用的璽徽。當年拜占庭被鄂圖曼帝國所滅後，落難的蘇菲亞公主被隱居於希臘 Meteora 米特奧拉岩石上的修道院修士們秘密收養，長大後嫁給俄國當年是大公的伊凡三世，後伊凡三世於 1480 年自立為沙皇後，便採用了這個本是早期用於東羅馬帝國軍隊的雙頭鷹徽章。我們在另一次旅遊希臘的 Meteora 米特奧拉岩石上的修道院時，就曾在那裏看見雙頭鷹徽和在俄國境內東正教教堂佈局相似的小教堂呢！世界歷史真微妙，中國有文成公主，將中國漢族文化傳至西域，西方也有蘇菲亞公主，將權力慾和宗教遠播北方！

再向前行，是莫斯科大劇院 Bolshoi Theatre Moscow，常有芭蕾舞和歌劇在上演，可惜未開門，不知何日有何劇目。我們在門外遇到一個帶孫女來練舞的俄國太太，她很友善的向我解釋這劇院的開門時間和劇目，可惜我只意會一點。別了俄國太太，看看時間，是時候回酒店滙合我們在莫斯科的導遊了。

導遊行程開始，是從酒店步行走到紅場。

莫斯科大劇院 Bolshoi Theatre（Большой театр），Moscow

莫斯科大劇院是莫斯科有名的芭蕾舞和歌劇劇院，也是莫斯科地標性的建築物。Bolshoi 在俄語是「大」的意思。這劇院始建於 1776 年，在之後的半個世紀內曾發生過兩次火災，1825 年，由建築師博維重新設計並主持修建，最終在 1856 年落成並一直保存至今，但在之後的百多年至 2011 年，主建築曾經歷過數次大翻修。它是一座乳白色的古典主義建築物，門前豎立

莫斯科大劇院

門頂由阿波羅神駕馭的 4 馬青銅馬車

着 8 根高 15 米的古希臘伊奧尼亞式圓柱，門頂上有 4 馬拉著的青銅馬車，由阿波羅神駕馭，氣勢雄偉磅薄，是莫斯科的標誌之一。

此劇院擁有世界一流的芭蕾舞團，歌劇團，交响樂團和合唱團，是最有代表性的俄羅斯劇院。柴可夫司基，安東‧魯賓斯坦等殿堂級的指揮家也曾在此担任指揮，多位世界級的芭蕾舞蹈家如薩夫蘭斯基，涅日達諾娃，烏蘭諾娃等都是從這裏走出世界。不過票價也很貴，可考慮在來旅遊前上網選購。

莫斯科大劇院的前方，是個繁花似錦的小花園，小花園後是卡爾‧馬克思的巨形雕像。

大劇院前的小花園

卡爾‧馬克思 Karl Markcy 的雕像

卡爾‧馬克思是近代對世界影響深遠的哲學家，思想家和革命家，他與弗里德里希‧恩格斯同被稱為「共產主義之父」。1918 年，列寧下令為馬克思和恩格斯建造一座雕像，但雕像豎立後，因質量差，一年後就倒塌了。同年，列寧下令再用一塊 200 噸的花崗岩

卡爾‧馬克思的雕像

放在現在雕像的所在地，作為日後永久雕塑。時至 1960 年，雕塑家 Leonid Kerbel 才被選中並於 1961 年創作，他在這塊灰色的岩石上雕了留著短鬍子的卡爾‧馬克思，他的右臂支撐在花崗岩塊上，身子向前傾，拳頭緊握著，顯示了決心和嚴肅，紀念碑上寫著「世界工人團結起來」。這個雕像在現在的俄羅斯需已成為過去的時代遺物，但卻是俄羅斯歷史中的重要組成部分。

紅場 Red Square (Кра́сная пло́щадь)

紅場入口和紅牆白頂的國家歷史博物館

我們從馬克思雕像後方前行往右拐不多遠，就看到紅場入口處的兩個紅塔和在國家歷史博物館前方，騎着馬，英姿凜凜的蘇聯元帥格奧爾基‧康斯坦丁諾維奇‧朱可夫的雕像。

紅場是莫斯科中央行政區特維爾區的公眾廣場，是莫斯科最古老的廣場，也是重大歷史事件的見証場所，它現已成為世界文化遺產 UNESCO。

我們從北面走進紅場，廣場兩邊呈斜坡狀，地面是由古老的条石鋪成，看來有點微微隆起。廣場內有數座世界知名的建築物，首先映入眼簾的是右旁一座三層紅磚樓白頂，仿古俄羅斯建築，南北各有尖塔 8 座，建於 19 世紀的國家歷史博物館 State Historical Museum，跟着是喀山教堂 Kazan Cathedral 和吉姆國家百貨商場 Gum Department Store，此商

國家歷史博物館門前朱可夫的騎馬雕像

場是莫斯科最大的國營百貨公司建築群，修建於20年代初，百貨公司對面的是用花崗石和大理石建造成的列寧墓，列寧墓的背後是高高壯麗的紅牆，紅牆內是著名的克里姆林宮 Kremlin Palace，紅場的盡頭，南面是彩色斑爛的聖瓦西里升天大教堂，它多個美麗而帶有不同色彩和花紋的洋葱頭小圓頂，是莫斯科地標性的建築物。整個紅場呈長方形，南北有700米，東西寬130米，是大型盛事和軍隊巡遊的所在場。

紅牆內克里姆林宮的鐘樓塔

彩色斑爛的聖瓦西里升天大教堂頂上的洋葱頭小圓頂

紅場的俄文是「Кра́сная」，本是「美麗」的意思，後因蘇聯時期，廣場多用以展示軍備，坦克，導彈等殺人武器巡遊，所以又被人感到紅場是「血」的聯想。

這天，我們在紅場逗留的時間不多，因節目豐富，下午二時解散後，就是我們的自由時段了，所以只匆匆的拍了照，就跟着團隊步出紅場，由南面向莫斯科河畔走去。上了旅遊車，向著下一個景點駛去。

莫斯科的基督救世主大教堂
Cathedral of Christ the Saviour (Храм Христа Спасителя)

莫斯科的基督救世主大教堂

基督救世主大教堂位莫斯科河畔區，是莫斯科及全俄羅斯牧首的座堂，也是世界上最高最大的東正教教堂，是與拿破崙戰爭後，人民自發捐建的第一座教堂。在 1812 年 12 月 25 日，沙皇亞歷山大一世下令修建此教堂，藉此感謝耶穌基督庇護俄羅斯人民戰勝拿破崙之餘，亦紀念在戰爭中犧牲的俄國人民。

教堂外牆的雕塑故事

教堂外牆綴以名雕塑家拉岡諾夫斯基，寇特等人的作品，教堂內亦畫有馬爾可夫，蘇里可夫等藝術家的壁畫作品，教堂的 4 座鐘樓懸掛了 14 個鐘，最大的一個有 26 噸，其工程之浩大，歷時 50 年才修建完成。1931 年史太林曾下令炸毀教堂，將其改建成蘇維埃宮大樓，但因不久爆發二次世界大戰，蘇維埃宮建不成。1960 年

教堂內的天花壁畫

赫魯曉夫將荒廢的蘇維埃宮地下室改建成游泳池。1980 年代晚期，俄羅斯輿論掀起重建教堂聲浪，1994-1997 年間，教堂終於重建完成。現教堂的地下室附設博物館，介紹原教堂，蘇維埃宮，游泳池和已重建教堂的歷史過程展示，值得一遊。

新聖母修道院公墓 Novodevichy Cemetery （Новодевичье кладбище）

克魯曉夫總統的黑白墓碑

總統葉利欽的俄羅斯國旗墓碑

著名芭蕾舞蹈家烏蘭諾娃墓碑

莫斯科尼庫林馬戲團創辦人尼庫林的墓地

　　新聖母修道院公墓是莫斯科最為著名的公墓，公墓內安葬了俄羅斯歷屆總統、政治人物、科學家、太空航天員、劇作家、作家、詩人、藝術家、芭蕾舞蹈家和著名演員等等，共 27,000 人。

　　新聖母修道院公墓內墓群的著名之處，就是它像一所立體雕塑的博物館，講述了很多俄羅斯著名人物真人真事背後的故事，亦顯示了俄國近代歷史和文化進程的立體寫照，如蘇聯時期的主席赫魯曉夫的黑白墓碑，顯示了他在位時受爭議的黑白兩面政績；總統葉利欽的俄羅斯國旗墓碑，說明了他是俄羅斯第一屆民選總統的誕生；著名芭蕾舞蹈家烏蘭諾娃的墓碑，雕刻了她生前美妙的舞姿；莫斯科尼庫林馬戲團創辦人尼庫林的墓地，也令人一望便知他是與馬戲或表演事業有相關的人物；少女卓婭的墓碑塑像，也道出了當年 17 歲的她是被入侵的德軍絞死的，如此等等，還有很多很多講述墓碑主人生平事蹟的墓碑群，這都是到莫斯科旅遊時，不可錯過的地點之一。

離開新聖母修道院公墓，旅遊車駛向莫斯科河畔的觀景區。

莫斯科河畔觀景區

位於麻雀山（列寧山）上的莫斯科河畔觀景區，可以遠眺整個莫斯科的新舊發展區，蘇聯時期莫斯科建築物七姊妹中的莫斯科大學，和設計新穎的現代化玻璃幕牆商業大廈羣，近看的有1980年奧運莫斯科主場地的盧日尼基體育館等等。河畔觀景區景色優美，繁花處處，綠樹成蔭，途中看到不少結婚花車，專事載新娘新郎到這裡來拍結婚照。

我們在這裏逗留片刻後便乘車回酒店，結束這一天的 Volga Dream 導遊旅程。

回到酒店，是當天的下午二時，是我們的自由行時段，吃了輕便的午餐後，便再訪紅場，買票進入聖瓦西里大教堂內參觀了（成人票價1000盧布，學生100盧布，16歲以下免費）。從我們酒店出發到紅場北面的復活城門入口，步行約10-15分鐘。

莫斯科大學

現代化玻璃幕牆商業大廈

美麗氣派的結婚花車

充滿喜悅的新娘新郎

伏爾加河之夢 1

復活城門
Chasovnya Iverskoy ikony Bozhiyey Materi

復活城門是1689年，蘇菲亞公主（彼得大帝的異母姐）攝政時期，在紅場入口處的牆上掛上耶穌復活的聖像而命名。昔日沙皇或女沙皇進入克里姆林宮前，必先在城門外的小禮拜堂內禱告才進城門，

復活城門

再進入克里姆林宮。原來的復活城門已毀，現在的是重建的。

聖瓦西里升天大教堂 Saint Basil's Cathedral
(Храм Василия Блаженного)

聖瓦西里升天大教堂

聖瓦西里升天大教堂是俄羅斯東正教最華麗的建築之一，已被列入世界遺產名錄，它是一座由大小9座塔樓組成的教堂，中央的塔高65米，它色彩繽紛，圖案各異的9個「洋蔥頭」圓頂，在俄羅斯以至歐洲國家中，是獨具一格的，現已成為紅場以至莫斯科的標誌性建築物了。

伏爾加河之夢 1

教堂是由俄羅斯建築師巴爾馬和波斯特尼克根據沙皇伊凡四世的命令，在 1560 年建成 9 個連在一起的石制教堂，是當年莫斯科最高的建築物，也顯示了 16 世紀俄羅斯民間建築藝術的風格。教堂內部，在差不多所有過道和各小教堂門窗邊的牆上都繪有 16-17 世紀的壁畫。殿堂分為上下兩層，展出在 16 世紀時攻克喀山時使用過的武器和攻佔計劃書等，也陳列了 16-17 世紀時的文物。

教堂內壁畫

教堂內天花畫

教堂內的聖檀

由於聖瓦西里升天大教堂的獨特美觀，伊凡四世沙皇為免有同樣的教堂出現於世，下令刺瞎了所有興建此教堂的建築師雙眼，故伊凡四世大帝又有「恐怖沙皇」的稱號。

聖瓦西里升天大教堂門前的紀念碑上，佇立了兩個英雄人物，站著的是富商密寧，他出資組織民軍，幫助坐著的波查爾斯基大公抵抗外敵，密寧右手指向莫斯科，左手握著大公的佩劍，呼籲軍民一心，

教堂門前的紀念碑

他倆是結束莫斯科公國晚期的混亂時代的重要人物。

在聖瓦西里升天大教堂和吉姆國家百貨商場中間的是宣諭台，是沙皇時期宣讀詔書，宣判重犯和處決的地方。

吉姆國家百貨商場 Gum Department Store(ГУМ)

吉姆國家百貨商場

吉姆國家百貨商場是一個超大型商場，由240家商店組成。商場外七彩繽紛的花海，令人精神愉快。這裏除了絡繹不絕的旅客外，俄羅斯的市民也很喜歡到這裡來逛逛，享受溫暖的陽光和飽覽無盡的花海。

商場外七彩繽紛的花海

伏爾加河之夢 1

吉姆國家百貨商場是典型的俄羅斯建築風格，與紅場內的建築群互相輝映。商場內的裝修豪華奢侈，第三層的樓頂是以弧形玻璃蓋頂，十分美麗。商場內有來自世界各地的貨品商店，種類繁多，包羅萬有，有貴有平，超市內的魚子醬，俄羅斯五花八門的酒類飲品等等，都是值得遊客飽覽溜連的一個好地方。我們在這裏稍作休息，靜靜的坐在栽滿鮮花的行人通道旁的長椅上，看著熙來攘往的人群，望著每個歡樂的笑臉，也是一種享受。黃昏了，雖然太陽還是光光的，商場內仍很熱鬧，我們在其中的一間小店吃了個晚餐便回酒店了。

栽滿鮮花的行人通道和弧形玻璃的天花蓋頂

商場內排隊購買俄式特色飲品的人群

琳琅滿目的酒類飲品

克里姆林宮內的元老院和鐘樓

莫斯科市克里姆林宮
Kremlin Palace (Московский Кремль)
☆令人驚艷到一生難忘的嘉芙蓮一世的鑽石皇冠☆

　　第二天 Volga Dream 的導遊行程。我們一早起來，吃了早餐 08:00 便出發了。

　　導遊說我們今天出發的時間要比昨天早，因需時排隊安檢進入克宮，所以要早到，否則可能要排到中午時分才可進入，因每天到訪的人群眾多，除外來的旅客外，來自俄羅斯其他地方的俄國人也不少。

排隊安檢進入克里姆林宮

　　克里姆林宮 Kremlin 在俄語是市中心堡壘的意思，所以差不多每個俄羅斯古城都有克里姆林宮。

　　莫斯科市內的克里姆林宮，是俄羅斯政府總部所在地，俄羅斯總統駐地，俄羅斯最高權力政府機構集中地，國家象徵等，它也是世界上最大的建築群之一，享有「世界第八奇景」的美譽。

克里姆林宮由三角形廣場，大教堂廣場和東區行政中心三部分組成，南面俯瞰莫斯科河，東和東北面臨聖瓦西里大教堂和紅場，西接亞歷山大花園和無名烈士墓。整個克里姆林宮由紅色宮牆圍著而成。

克里姆林宮內有四座大教堂：東正教聖母安息大教堂，天使報喜大教堂，天使長大教堂和天使解袍教堂，十九座塔樓，其中以伊凡三世的大鐘樓最為人認識。

紅場和克里姆林宮的地圖（可在出發旅行前手機下載 maps.me 這離線地圖網站，再在該網站下載要去的地方，出游時離線亦可看到資料了）地圖內的藍點，橙點是紅場和克宮內外的景點，在這裏不作累述，在手機的 maps.me 一按便知。

東正教聖母安息大教堂 (Успенский собор)

東正教聖母安息大教堂建於 1475 年至 –1479 年，由意大利建築師亞里斯多德 · 菲奧拉萬蒂設計，用於歷代沙皇加冕儀式，也是俄羅斯正教會大部分牧首和莫斯科都主教安葬的地方，是全俄最重要的大教堂。教堂內保存了完整的古老聖像，壁畫，祭壇，皇帝座位，吊燈等。

東正教聖母安息大教堂

天使報喜大教堂 (Благовещенский собор)

天使報喜大教堂

天使報喜大教堂，建於 1484 年 至 1489 年，建築師是普斯科夫，教堂原是莫斯科公國的皇室禮拜用教堂，後又作為沙皇皇室家族私人教堂和集會之用。伊凡四世在任內擴建了門廊和覆上金頂，便成現在的美麗風格。

天使解袍教堂 (Церковь Ризоположения)

建於 1484 年至 1485 年，也是建築師普斯科夫的作品，原為主教的禮拜用教堂，後為牧首的禮拜用教堂。

在我的後方的是天使解袍教堂

天使長大教堂 (Архангельский собор)

天使長大教堂是在舊教堂原址上建，建於 1505 年至 1509 年，是義大利建築師阿列維茲·諾維融合俄式五圓頂教堂和義大利文藝復興風格元素的設計而建成，此教堂也是早期沙皇和貴族的陵墓。

伊凡三世大鐘樓 (Колокольня Ивана Великого)

伊凡三世的大鐘樓是 16 至 17 世紀建造，是當時莫斯科市內最高的塔樓，有監視和示警作用。

伊凡三世大鐘樓

克宮內的政府建築物

克里姆林宮內的元老院是現時俄羅斯總統府，蘇聯時期是最高領導人的辦公室。

國家克里姆林宮是前蘇聯召開蘇聯共產黨代表大會及其他重要會議的地點，是 1959 年建造。

大克里姆林宮是建於 1849 年沙皇的宮殿。

戈爾基宮原為沙皇住所，現是俄羅斯總統官邸。

以上的政府建築物，我們都不可參觀，只有武器宮內的兵器庫博物館和多稜宮開放給人民參觀。

多稜宮是建於 1491 年的世俗建築物，它的二樓主廳圓頂繪有 16 世紀末的壁畫。當日多稜宮要接待國家外賓，所以我們不能入內參觀。

武器宮內的兵器庫博物館
Kremlin Armoury Museum (Оружейная палата)

兵器庫博物館內的藏品展示了歷代沙皇國庫和東正教牧首聖器室中保存的珍貴物品，和外國大使館贈送的禮物。當中有國家權杖，皇室節日服飾和加冕禮服，俄國東正教主教法衣，大量俄羅斯古代工匠打造的金銀製品，西歐白銀工藝品，

黃白牆綠頂的建築物是武器宮兵器庫博物館

武器精品，皇家車橋和慶典用的馬具等等。館中的陳列品有 4 千多件，由 4 世紀到 20 世紀，都是極高水平的藝術品和極富歷史文化價值的珍藏品，館內還有一密室 (Diamond Fund) 鑽石館，收藏了極其珍貴的鑽石皇冠（兵器庫博物館和鑽石館內都不准拍攝）。我們今次參加 Volga Dream Gold Program 金套餐團是沒有包括參觀此密室的 (Platinum Program 是有包括在內)，所以參觀完武器兵庫後，我們便趕到大教堂廣場看中午 12:00 舉行的大閱兵換班儀式了。

換兵檢閱儀式上的騎士隊

中午十二時的克里姆林宮大教堂廣場上，有壯觀的換兵檢閱儀式，不過與英國白金漢宮大閱兵相比，這兒的規模是小型些，但也有軍樂隊演奏，騎兵團換岡等，很是壯觀。

閱兵後的廣場，還是人山人海，我們開始排隊進入教堂參觀了。

加農炮王 Tsar's-Pushka Cannon (Царь-пушка)

加農炮王是 1586 年鑄造，長 5.34 公尺，重 40 噸，口徑 690 毫米，是世界上最大口徑的古炮，它的炮身鑄滿雕花和美麗的圖案，它像擺設藝術品多於武器，因它從未被使用過。

鑄造精美的加農炮王

沙皇鐘 Tsar's-Pushka Cannon (Царь-пушка)

沙皇鐘是世界上最大的古鐘，是銅錫合金燒鑄而成，高 6.14 米，重 220 多噸，在 1735 年鑄造，大鐘的頂端有個十字架，外壁鑄刻上精美的圖案和花紋，一面有當時女皇的浮雕像，旁邊還有銘文，有天使簇擁著沙皇的圖案和象徵俄羅斯國旗的圖案等。鐘的另一面，有片約 11 噸重的脫落了的銅錫片放在裂口的古鐘旁，聽說是大鐘剛鑄燒完成後，準備放上伊凡大帝鐘樓作

重 220 多噸的沙皇鐘

報時之用時，突遇一場大火，工人滅火時將水澆在熾熱的大鐘上，由

於冷縮熱脹的原理，使鐘上的一片破裂開，脫落在旁。此鐘曾被埋在廢墟中達 100 年，在 1836 年沙皇尼古拉命令把它挖出來，放到克里姆林宮中去。

與大炮和古鐘拍照後，是下午一時許，導遊說我們今天的旅程已完結，可跟他回酒店散隊，或自由行留在克里姆林宮內繼續自己的遊玩。我們選擇了留在宮內，繼續細看其他未到的地方，如武器兵庫內的鑽石 (Diamond Fund) 密室。

武器兵庫內的鑽石館 (Diamond Fund) 是由武器兵庫博物館的另一入口進入。進入鑽石館密室是要另外買當日現場票，門票有限，宜早到排隊，因此處門票不在大售票廳售賣。（票價 500 盧布，學生和退休人員憑證 100 盧布，開放時間是 10:00-13:00；14:00-18:00，逢週四休息，去前最好上網再了解清楚，因有時會因某些節日而閉館）。

進入鑽石館的密室前需要再安檢一次，相機，手機不准帶進，密室內天眼處處，嚴禁拍攝。密室的展櫃內滿是珠光寶氣，擺放了貴重的寶石、珍珠鑽石製品、王冠、權杖、套裝首飾等等，簡直令人目眩。我每年都有到香港的珠寶展參觀溜覽，甚或每次到海外遊行，都喜歡到各國的皇家珠寶庫內的展覽館參觀，但這裏的珠寶鑽石珍品，真的耀眼奪目到令我口木瞪呆的地步，一生人無論你喜歡珠寶首飾與否，來看一眼莫斯科克里姆林宮鑽石密室內的王冠、權杖、頸項首飾等等，將會令你一生難忘。

鑽石密室內的展覽，最最令我難忘的是嘉芙蓮一世加冕時，彼得大帝親自為她冠上的沙皇后冠，鑲嵌了 4936 顆鑽石，重 2858 克拉，另有 72 顆印度珍珠，重 398 克拉。（后冠圖片來源自網站，當時親眼目睹的也確是如此美麗眩目）嘉芙蓮一世是彼得大帝的第二任妻子，她是彼得大帝年青時到歐洲遊學和學習歐洲科學和造船技術時，彼得大帝的好朋友送給他作為侍女的一個立陶苑農奴的女兒，彼得大帝與

此女甚為投緣，（此女胖胖粗壯的，不是美女）大帝卻為了此女廢了自己的第一任貴族妻子，將妻子關到遠遠的修道院去。彼得大帝在沒有子嗣繼承偉業的情況下（彼得大帝的兒子在嘉芙蓮一世加冕前的一年左右，死於大牢內），將自己至愛的第二任妻子推上沙皇寶座。因要確立嘉芙蓮一世的地位和被尊重，彼得大帝搜羅世界上最大，最閃耀的鑽石，找最好的工藝首飾師為嘉芙蓮一世打造一頂舉世矚目的后冠，親自為他的愛妻加冕，以確立她至尊無上的地位。皇冠由超大粒的鑽石組成，頭頂兩旁鑲了兩行印度珍珠，正中冠頂上有個鑽石十字架，架下鑲有一顆巨型的紅寶石，寶石下的鑽石承托帶狀頭箍，和兩旁與帶狀頭箍成直角型的裝飾，鑲嵌了有多顆20卡以上的鑽石顆粒，頭環圈在皇冠帽口上的鑲嵌，又是多顆10卡以上的超大鑽石，總之此皇冠的閃耀和珍貴，簡直令人驚艷到一生難忘！

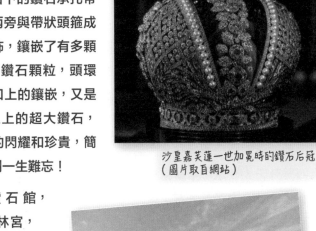

沙皇嘉芙蓮一世加冕時的鑽石后冠
（圖片取自網站）

離開鑽石館，出了克里姆林宮，是臨近莫斯科河的 Alexander Garden 亞歷山大帝的花園，向左拐行走約十分鐘，就是莫斯科河畔，沿著河畔走，看見很多自由行旅客和莫斯科市民，

莫斯科河上的豪華遊河船

船河的沿途景色

躺在綠茵的草坪上曬太陽，談心，優閒地享受這一年中難得的風和日麗季節。我們沿著河畔漫行，走走看看，拍拍照，呀！有人向我們打招呼，示意我們坐河船遊覽莫斯科河兩岸的風景，啊！我記起了，導遊曾問我們會否參加河船遊莫斯科河，沿河英語講解，每位 USD120 包一餐晚餐。我們來前在網上知道，本地遊莫斯科河船河，很是便宜，(350RUB/ 人，少於 USD6 美元，約 1 小時河船旅程) 所以便沒有參加，現在正好以本地人價錢一遊莫斯科河，不過沿途介紹講解的是俄語，要自己在 Maps.me 的離線地圖上搜尋此處是何方了。

河船沿途經克里姆林宮，聖瓦西里升天大教堂，基督救世主大教堂，彼得大帝航海柱 (彼得大帝站在船艦上，左手掌舵，右手高舉航海圖的 56 尺高的紀念雕像)，新聖母公墓，盧日尼基體育館，莫斯科大學等。

一小時的河船之旅，超值，很滿意。離船後，返回克里姆林宮牆外的亞歷山大帝花園，沿著花園走向紅場北門，向著酒店方向回程了。

彼得大帝航海柱

亞歷山大帝花園
Alexander Garden (Александровский сад)

中部繁花似錦的大花園

亞歷山大花園於 1821 年開放，是為紀念俄羅斯於 1812 年打敗拿破崙軍隊而建，它是把涅格林納亞河 Nagalagalina 導入地下，騰出空間建造花園。現時河流已不經此地，花園內卻見很多噴泉和噴泉旁的雕像。花園位於克宮的西側牆外，分上、中、下三部分，總長度為 865 米。近莫斯科河畔的一段為下部。

我們剛從克里姆林宮的西南門 Borovickaja Torony 走出來，向著莫斯科河畔走去的那段綠色草坪，就是亞歷山大花園的下部。

中部是個繁花似錦的大花園，它由西南門 Borovitskaya Tower 一直伸延至主要入口三聖塔 Troickaya 和庫塔菲婭塔樓 Kutafya Torony 天橋（即白色像碉堡的塔）的一段，內有亞歷山大一世的紀念雕像。

亞歷山大帝紀念雕像

上部就是從主要入口三聖塔和庫塔菲婭塔樓的天橋一直伸延至近紅場北門的亞歷山大花園鍛鐵大閘。沿上部花園走向大閘，有1914年豎立的方尖碑，紀念羅曼諾夫王朝三百週年，但這方尖碑豎立四年後，這王朝就結束了，換成了蘇維埃時代，方尖碑上的雙頭鷹國徽曾被換下來，變成蘇維埃鐮刀和鎚頭的徽章，後來，又被現在的俄羅斯政府把雙頭鷹國徽換上，變成現在的模樣了。繼續前行，看見很多刻有名字的紅色石碑。其中，在一個啡紅色的岩石台階上，有一面旗幟和鋼盔的雕塑作品，在台階前面的火把從五角星中冒出，銘文刻上「你的名字未知，你的功勳不朽」，這裏就是無名烈士墓，紀念二次世界大戰蘇聯戰死的士兵。無名烈士墓建於1966年，每天每隔1小時有簡單的交接儀式。再向前行，就是上部花園正門的鍛鐵大閘入口處了，閘上有美麗的

紀念羅曼諾夫王朝三百週年的方尖碑

紅色岩石台上的旗幟和鋼盔雕塑作品

雕花圖像，是象徵打敗拿破崙的設計。1819年至1823年間，沙皇亞歷山大一世大敗拿破崙後，命人設計此以亞歷山大為名的花園。

亞歷山大花園的上部外圍，圍了幾個大噴水池，水池後，是個食店林立的餐廳區，出了花園大閘，再向前走不多遠，就是紅場北面入口，朱可夫元帥騎馬英姿像前的廣場。

亞歷山大花園上部外圍大的噴水池

今天是白夜俄羅斯的週末，廣場上擺滿了攤檔，有賣紀念品的俄羅斯套娃，自製農家蜂蜜等等。呀！還有俄羅斯的廚師在大大的火爐前燒烤呢。我們有些餓了，是晚上七時許，天亮亮的，沒有夜晚的感覺。廣場上人頭湧湧，攤檔之間還有個擺滿鮮花和長椅的花園，我們走過去買烤肉和麵麭作晚餐。哈！雞同鴨講，我本想要燒羊肉串，卻買了烤雞肉串。還好，都是美味十足。拿著烤雞肉和麵包，走進小花園，

爐前的燒烤羊肉串和雞肉串

坐在長椅上，看著歡歡樂樂的市民，享受我們這餐地道的莫斯科白夜燒烤晚餐。那裡的俄羅斯人很友善，雖言語不通，但也想盡辦法幫忙，如讓出座位等，使我們真正感受到俄人的熱情和友善。

晚餐後，是回酒店休息的時候了，我們看手機上的地圖，可從另一方向的商業區返回酒店，於是便繞道回酒店了。

在享受莫斯科街頭的白夜燒烤晚餐

回酒店途中，看到很多畫在建築物外牆上的芭蕾舞美姿牆畫，俄羅斯人都是以他們著名的芭蕾舞藝術為榮！在通往酒店隔鄰的那條行人專用區，佈置滿了美麗的裝飾物，販賣不同物品的攤檔，我們開開心心的在這裡溜連片刻便回酒店休息了。明天早上早起，會到紅場參觀列寧墓。今天導遊說列寧墓明天週日，會開放給觀眾瞻仰遺容，叫我們早點起床，08:00 自己去排隊，

街道上建築物外牆上的芭蕾舞姿牆畫

因為會有很多人。這不是旅遊套餐內的節目，他會在早上 12:00 到酒店接我們參觀餘下的節目，之後便會帶領我們到河船碼頭上船，結束 3 天 3 晚的莫斯科之行，開始 6 晚的河上旅遊了。

參觀列寧墓

7月 17 日早上 08:00，我們吃過早餐後，便走到紅場上的烈寧墓，準備瞻仰列寧遺容。烈寧墓開放時間是星期二、三、四和週日，10:00-13:00，免費參觀。進入時要接受金屬探測器檢查，禁帶相機，手機，也不能帶手提包，背包，旅行箱和瓶裝液體，但可以付費寄存。

我們要提早到達，是因當天 12:00 導遊會到酒店接我們到莫斯科的其他景點，作莫斯科的最後一天導遊節目。參觀列寧墓不是我們金計劃內的行程。所以，那天我們必須排頭位，十時開放時，就要進入參觀，否則誤了時就對不起其他不去烈寧墓的團友了。

到達紅場內的列寧墓，已見有長長的人龍在排隊了，我們等呀等的，到差不多 09:50，人越來越多，有些歐美的旅行團更插在我們的隊前，我覺得不公平，又怕遲了時間進入，趕不及回酒店報到，便上前與這些不守秩序的人理論，哈！他們扮聽不懂！沒有理我，照插隊進入。原來不是歐美人的公平感和公德心比我們中國人強，只是因時制會才顯現出來的。

列寧墓 Мавзолей В. И. Ленина

列寧墓由紅色花崗石和黑色大理石建成，位於莫斯科紅場內中央處，克里姆林宮元老院外的圍牆外。

早上 10:00，瞻仰遺容的人龍開始蠕動，我們經過安檢後，從地面檢閱台前的黑

列寧墓門前

色大理石門框進入墓室，一路有站崗的衛兵們維持秩序，不時向進入陵墓的人示意脫帽和保持肅靜。我們向下一級級的進入墓室，墓室內的瞻仰室寧靜肅穆，光線從水晶棺內發散出來，朦朦朧朧的慘白光線，昏暗而柔和，看見神情安詳的列寧仰面平躺在棺內，他右手微握，左手舒展，神態安詳，面部輪廓清淅，從資料得知，整個列寧遺體，只有頭部才是真正的列寧遺體真身，其餘部分都是人工製造的。墓室內，瞻仰遺容的人不准停留，談話或私語，我們魚貫的繞遺體一圈便要從另一出口上地面了。

克里姆林宮紅場墓園

出了墓室，是列寧墓的後方，也是克里姆林宮紅場墓園，安葬了蘇聯時期幾位國內和國際知名的共產黨領導人，如朱可夫元帥，斯太林，勃列日涅夫等等，和十月革命犧牲的紅軍戰士，也有蘇聯第一位上太空的地球人加加林等等。墓園內有墓碑和紀念碑。我們匆匆的走了一個圈，便趕回酒店，與我們的導遊會合了。

今天的導遊行程是參觀著名的莫斯科特列季亞科夫畫廊 Tretyakov Gallery 和著名的莫斯科地鐵。

莫斯科特列季亞科夫畫廊 Tretyakov Gallery (Государственная Третьяковская галерея)

莫斯科特列季亞科夫畫廊是世界知名的畫廊之一，內有畫作藏品總數達 13 萬件之多。特列季亞科夫是 19 世紀俄羅斯著名的藝術品收藏家

和畫家們的贊助和保護人,他自年青時開始收集畫作,到他六十歲時,將所有的私人珍藏全部捐出給政府,也同時捐出他的居所,成立「特列季亞科夫畫廊」。

特列季亞科夫畫廊內的名畫可說是多不勝數,如 1425-1427 年的魯布廖夫的蛋彩畫《三聖像》;1866 年彼羅夫的《送葬》,描畫傷心的,前路茫茫的死者(一個農奴)妻子背影和伴隨著簡陋棺木的稚子,看得使人心酸;1883 年克拉姆斯科伊的名畫《無名女仕》,不知為何,我總覺得此名畫《無名女仕》的神韻,有點像俄國大文豪托爾斯泰小說筆下的《安娜·卡特里娜》那高貴,冷艷,傲視世俗的神態。

在下一頁《販賣小童的油畫》中,我們看到畫中人正在檢視小男孩的生殖器官,以確定小孩的健康情形,是否可為主人勞力工作之餘也為主人多生養下一代的奴隸。俄羅斯在未正式立國之前,距今約 600 多年前的十四世紀前,是一個由多個部落聯盟組成的內陸大公國(「大公」是部落首領的稱呼,相等於我國周朝時

蛋彩畫《三聖像》

名畫《送葬》

名畫《無名女仕》

販賣小童的油畫

候的諸侯王），時常受鄰國韃靼人侵略，擄走平民百姓的孩子販賣，作為金髮碧眼的奴隸。各大公國為了保護自己的民族，開始聯合起來，振興起來。公元 1473 年，俄羅斯大公伊凡三世與拜占庭的亡國公主結婚，繼而自立為「沙皇」，俄羅斯自始成為帝國，建立第一個皇朝——留里克皇朝，也為日後俄國的發展奠定了基石。

在眾多的畫作中，最令我留下深刻印象的是《彼得大帝和兒子》和《伊凡雷帝殺子圖》我在來俄羅斯旅行前，曾讀了些彼得大帝和伊凡雷帝的歷史故事，讓我在看畫時覺得更有意思和體會。

《彼得大帝和兒子》這幅畫畫出了一個重大的歷史故事，講出了為什麼彼得大帝要千方萬計的把自己出身女奴的第二任妻子，嘉芙蓮一世推上去承繼他的沙皇寶座。在畫中看到站著的兒子嗎？他怯怯的站在彼得大帝右手的

名畫《彼得大帝和兒子》

桌旁，看到彼得大帝的怒目嗎？他是在生兒子的氣？是，他是在極度的失望中表現出來的怒火。這幅畫是描繪了他們父子間的最後談話。自此之後兒子便被關進大牢，一個月後死於大牢內。他們談了什麼？《彼得大帝傳》中的歷史記載是這樣的：一天，父親彼得大帝問自己唯一繼承人的兒子一個問題「將來如何治理我千辛萬苦打回來的江山，

特別是聖彼得堡？」兒子的答案是「我將會歸還聖彼得堡這片土地於瑞典，將所有你（彼得大帝）多年苦心經營的國家改革政策還原。」啊呀！現在你知道為什麼這幅畫在俄國歷史中佔多麼大的影響力了，彼得大帝是在極度的失望中！思前想後，也只有跟隨自己多年的愛妻，才可繼承自己未完成的宏願，將自己用性命從瑞典國土中爭奪回來的波羅的海出口土地，變成一個美麗之都《聖彼得堡》。

名畫《伊凡雷帝殺子圖》

《伊凡雷帝殺子圖》畫出了伊凡雷帝抱著滿身鮮血的兒子時的驚恐，後悔，和無助的神態。《伊凡雷帝傳》中講述了他與被殺兒子的一段意外事故：有天，伊凡雷帝（雷帝的冠名，是因他的脾氣暴躁而來）與他摯愛的兒子閒談，雷帝炫耀他多年經營得來的財富，兒子不以為意說「你的財富都是欺壓人民得來的，我不稀罕，我會將它們還富於民」父親聽後大怒，用自己的手杖一下打落兒子的頭上，手杖中的暗器利劍彈出，當場將兒子刺死了，他那時的後悔和無助，在畫中表露得淋漓盡致。

若到訪莫斯科的特列季亞科夫畫廊，別忘記欣賞這兩幅講述俄國歷史的名畫啊！

畫廊內的名畫多不勝數，名畫背後的故事更是動人心弦。我們是最後到集合地點的人，時間有限，我們還要趕著去遊覽著名的莫斯科地鐵站呢。

莫斯科地鐵站 Ploschad Revolyutsii （Площадь Революции）

從特列季亞科夫畫廊到莫斯科地鐵站，要經過一個很大的花園，今天又是好日子，花車，新娘新郎婚紗照到處遇到，一片歡樂和諧的城市景象。

新娘新郎婚紗照

莫斯科地鐵是世界上最富麗堂皇的地鐵站建築，相信很多人都會認同，它以大理石立柱的設計，加入俄羅斯文化風格建造而成，是世界上使用率第六高的地下軌道系統。

莫斯科基輔地鐵站

導遊帶領我們參觀了著名的環綫基輔地鐵站 Kievskaya（Киевская），站內的復古天花吊燈，鑲嵌在兩旁牆壁上的壁畫和雕像，美輪美奐，金碧輝煌。其他的地鐵站內裝飾，有講述聖經故事內容的，近代蘇維埃爾政府的，現代體檀活動的，多姿多彩，是個充滿了俄羅斯藝術文化的大眾展廊。到莫斯科旅遊，參觀地鐵站，是旅遊節目中必有的參觀地點之一。

地鐵站內的 Mosaic 鑲嵌壁畫

參觀完地鐵站,已是下午四時多了,導遊要趕緊在五時前帶領我們到河輪碼頭上船,開始我們6晚的河上旅程。拜別了友善和陪伴我們多天的導遊後,我們便登上河船,開始 Volga Dream 伏爾加河之夢的河上旅遊了。

地鐵站內的雕像

伏爾加河河上之旅

☆「生命之源」麵包和鹽☆

登上 Volga Dream 河船的第一印象，是兩位美麗的俄羅斯女郎，穿著傳統的俄國少女彩裙，一位雙手奉著銀盤，銀盤上放著多隻盛了俄羅斯伏特加酒 Vodka 的小杯，另一位奉著一個大盤，大盤上放著一個大麵包，麵包旁放了一小碟鹽，我們上

歡迎我們的美麗俄羅斯女郎

前拿了一小杯酒喝後，又在大麵包上掐了一小片，輕沾了在旁小碟上的鹽後便放進嘴裏吃了。我在出發前看了一本中國駐蘇聯外交官寫的書，書中有描述俄羅斯迎客之道——伏爾加酒，麵包和鹽，原來俄羅斯人捧出「麵包和鹽」來迎接客人，是向客人表示最崇高的敬意和最熱烈的歡迎，因為他們覺得麵包和鹽是人的「生命之源」。客人亦應禮貌的接受，以表示友好和回禮。

進入船倉後，一片歡樂的氣氛，船上的工作人員很友善熱情的上前招呼我們。稍事應酬後，我們便拿鎖匙進入房間去了。河船上的設施與我們到海外郵輪的分別很大，但很溫馨舒服，有家的感覺。（河船細節的描述，請上 Volga Dream 的網站了解）

甲板上來自不同地域的異鄉客

　　一小時後的節目是甲板上的歡迎酒會，我們坐在和煦太陽下的甲板上，看著遠處的莫斯科景緻，心中感到無限的喜樂，是的，有機會到不同的國度，感受不同的陽光，與來自不同地域的異鄉客交流，是何其的喜悅啊！

歡迎晚宴上的前菜

歡迎晚宴後，河船駛離莫斯科，慢慢向前駛入一條窄窄的水道，向著西北方向的聖彼得堡進發。水道兩旁有翠綠的平原和矮樹，水面上微波剪影，白夜的太陽沒有一點睡意，但我們卻疲倦了，要回船倉內的房間休息了。

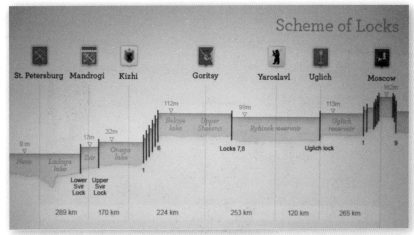

一系列水路上的水閘分佈圖

伏爾加河 Volga River（Волга）

　　伏爾加河是歐洲最長的河流，也是世界上最長的內流河，它流經歐洲俄羅斯，是代表俄羅斯的河流，被稱為「俄羅斯的母親河」。它的流域包括了俄羅斯西部的大部份，其中有許多大型的堤壩，水庫和水電站，供灌溉及水力發電之用。我們的河船將會航經莫斯科運河，伏爾加──頓河運河及伏爾加──波羅的海水路等形成的一系列水路，最後到達聖彼得堡，其中還包括有多達 20 個水閘 Locks，把海拔高於聖彼得堡的莫斯科，以水道連接兩地。

　　7 月 18 日早上起來，天下著雨，船仍在不寬的運河水道中向前行，兩岸仍是青蔥的矮樹平原，遇然看見小型水電站，紀念碑，列寧像等，在河的兩岸旁。

並不寬闊的運河水道

　　船繼續向前行，到達第一個水閘。(這些水閘的運行原理，有如紅海的蘇彝士運河，把船駛進一條兩頭有水閘的水道內，灌水或放水，把船從一個不同的海拔高度，帶到另一個較低或較高的海拔高度)經過 6 個水閘後，我們到達烏格利奇水庫，水庫的兩旁開始看到近岸的民房，倉庫，教堂和橋樑了。午後再航行不久，我們就到達第一個到岸景點——烏格利奇小鎮。

　　在到達烏格利奇小鎮前的時段，河船上安排了一個俄羅斯傳統茶道表演。俄羅斯人對茶道和家庭幸福融和的相關演繹，是如斯的溫馨浪漫。原來俄國的傳統太太都很溫文體貼，一杯放有小糖和香氣撲鼻

俄羅斯傳統茶道表演

的紅茶是迎接辛勤工作後歸家的丈夫，再來一個擁抱，說句感謝語，丈夫一天的疲勞便沒有了。哈！早些學習此道，婚姻應會更幸福吧！

　　船在河道上行駛，在沒有上岸觀光的時段，河船經理會安排很多多姿多彩的船上活動和節目給我們，如俄語基礎班，教授俄語發音，簡單的問候語，招呼用語和普通的旅遊常用詞語和字彙等，使我在未來的自由行時間期間，可以自由走動於俄羅斯其他城市，為我們帶來了不少食、住、行的方便。

第2站 烏格利奇 Uglichi (Углич)

☆聽著天外來音的讚頌歌聲☆

今天的到岸時間是在午後的三時，我們還有些許時間，河船經理又安排了一堂俄羅斯現代歷史課程給我們。這課程由俄羅斯某大學的大學講師主講。她是一位風趣，成熟的女仕，能講流利的英語。從她的講題中，可以了解到近代蘇聯時期的變化，導致蘇聯解體的靈魂人物「哥爾巴喬夫」的決定，解體後俄羅斯的第一任總統「葉利欽」的豪邁，現任總統「普京」的浪漫等等，有關他們的故事。她的資料和研究有其個人獨特的見解，我在此不作評論，但其中最有趣的是從這位女講師的口中道出，現任總統普京為什麼要離婚？原來是為了要爭取更多俄羅斯國境內大部分未婚或離婚婦女的選票，因俄國境內的女性，很多都封普京為偶像，甚至想嫁給他，成為他的第二任夫人。哈！真有趣，也惹得在場聽眾哄堂大笑。

船到烏格利奇小鎮，我們已經看到紅牆藍頂和黃牆綠頂的兩座教堂了。在服務台前加入了我們的導遊團，（在河船上所有的到岸導遊服務和旅遊，都已包括在河船的團費中，不用再另加岸上旅遊費的）隨著小鎮的本地導遊，登上旅遊車，開始我們在烏格利奇的觀光了。

紅牆藍頂教堂

烏格利奇是俄羅斯金環（金環是俄羅斯東北方一些保留了俄國歷史古蹟和當地文化特色的中世紀古城統稱，它們連

黃牆綠頂教堂

成環狀,稱為金環。)古鎮之一。烏格利奇的歷史悠久,聳立在河岸邊的兩座色彩鮮艷的教堂,一座是紅牆藍頂的滴血教堂,另一座是黃牆綠頂的耶穌復活教堂,這兩座是烏格利奇的地標。

街道上二層高的俄式建築物

我們的旅遊車在小鎮的路上行駛,看到路旁仍有很多二層高的俄式建築物。下車了,導遊領我們到此鎮的小克里姆林宮(市中心城市),城內有我們剛看到的紅牆藍頂和黃牆綠頂的教堂建築群。我們先到黃牆綠頂的教堂參觀。教堂內坐滿了觀光客,有些是船上認識的,有些是別團的,濟濟一堂。不久教堂前的講台上,站了多位穿著白衫黑褲的俊男,還有一個彈奏大型三角絃琴的樂師。美妙清朗的歌

教堂內的俊男詩歌班

聲開始唱頌起來了,一首首的詩歌,隨著他們磁性優美的歌聲和和音,和應著大型三角絃琴的伴奏,我們的耳朵簡直是飛到了天上,聽著天外來音的讚頌歌聲呀!歌唱後,每個與會的觀眾,都報以熱烈不斷的掌聲。俄羅斯的歌舞文化藝術水準之高,原來不只局限於莫斯科和聖彼得堡,在其他小鎮,也一樣美妙絕倫。連續欣賞了附近多所小教堂的詩歌表演後,我們到紅牆藍頂的滴血教堂參觀了。

伏爾加河之夢 2

滴血教堂 Church of St. Demetrius-on-the Blood (Tserkov' Tsarevicha Dimitriya Na Krovi，Церковь Царевича Димитрия на крови)

滴血教堂本名叫德美特米斯皇太子滴血教堂 Church of St. Demetrius-on-the Blood，是紀念伊凡雷帝的最後一個兒子德美特米斯皇太子在 1591 年被謀殺死的教堂。教堂的紅牆，代表了鮮血，洋蔥型的藍頂上有金星，代表了天空上有星星，意即是天堂。皇太子死後，俄羅斯的第一個王朝，留里克王朝結束，俄羅斯陷入混亂，至 1613 年，羅曼諾夫王朝才成立為俄羅斯的第二個王朝。

滴血教堂的紅牆藍頂

德美特米斯皇太子的銅像

在回船路途中的俄式紀念品小販攤檔內，買了一條傳統的俄羅斯圍裙，河船上的經理提醒我們在未來幾天的船上節目中，我們將有俄羅斯烹任班課程和俄羅斯傳統晚宴。哈！又有得玩了。

販售俄式紀念品的小販攤檔

晚餐三文魚扒魚子醬放在另一小碟上

回到船上，今晚的晚餐是美味的牛排和三文魚扒，三文魚扒上有俄羅斯魚子醬，餐桌上有免費的紅，白餐酒，可以佐之。（我在一本教人食俄羅斯魚子醬的書上知道，吃魚子醬時，不要用大牙咬，要把魚子醬的魚子，頂在前排上顎的齒縫間，用舌頭尖將魚子壓破，然後輕輕的呷一口白酒，你才真正的品嚐到魚子的鮮味精華。哈！不妨試試。）

伏爾加河之夢 2

船駛離烏格利奇的小碼頭，向著下一站雅羅斯拉夫爾進發。深夜，河船駛入雷賓斯克水庫，水庫的的湖面 Rybinsk Reservoir (Рыбинское водохранилище)，仍有晚霞，偶爾會有一兩隻飛鳥在寧靜的湖面上飛過，夜深人靜，我們都要回房休息了，明天還有另一個上岸旅遊節目呢！

深夜雷賓斯克水庫的湖面

第 3 站 雅羅斯拉夫爾
Yaroslavl (Ярославль)

☆到處充滿歌聲和文化氣息的俄國小鎮☆

7月19日，早餐過後，河船駛入雅羅斯拉夫爾碼頭。

雅羅斯拉夫爾是俄羅斯最古老的城市之一，建城已有一千多年，是伏爾加河和科托羅斯爾河相會交界的寶地，也是莫斯科金環內其中一個最具歷史價值和值得參觀的城市。建城於十一世紀，十七世紀時的發展最為發達，現在是俄羅斯第三大人口最多的城布。城中的歷史中心，現已被納入為世界文化遺產 UNESCO。

船到雅羅斯拉夫爾泊岸，我們隨著當地導遊，首先到達戰爭英雄紀念碑的場地 To the fallen in the Great Patriotic War，那裏刻有二次大戰時士兵和農村婦女的雕像。據導遊說，這是紀念二次大戰為

戰爭英雄紀念碑

國捐軀的戰士和在戰場後方，担起半邊天的婦女，俄羅斯人也真懂感恩！

隨著導遊領我們到教堂聽詩歌，俄國人真的是到處充滿歌聲和文化氣息的民族。

聖母升天大教堂 Assumption Cathedral (Успенский кафедральный собор)

離開唱詩班，我們向前走就是聖母升天大教堂，此教堂在 2004 年在舊址重建，2010 年才落成，金黃澄澄的洋蔥型教堂頂下，是白色的牆和黑色屋頂瓦蓋，聽導遊說，新的教堂比舊的宏偉高聳，但內部的聖檀壁畫仍在整修完善中。我們沒有進入教堂內，便從教堂側門的花圍走到近河邊的花園休憩區。

聖母升天大教堂

雅羅斯拉夫爾千年紀念花園休憩區 Pamyatnik 1000-letiya

雅羅斯拉夫爾千年紀念地碑

此休憩區建在近伏爾加河岸邊，區內有個音樂噴泉，泉水會隨音樂起舞，休憩區的盡頭是雅羅斯拉夫爾千年紀念地碑，碑上的黑熊與斧頭是紀念千年前的建城者—雅羅斯拉夫爾皇子，傳說在 1000 年前，皇子到這裡打獵，用飛斧殺死了在這裏做霸主的大黑熊，跟著皇子就在這裡建城，所以這個城市就以皇子的名字 " 雅羅斯拉夫爾 " 命名。

主顯聖容修道院

雅羅斯拉夫爾的主顯聖容修道院和近河岸主入口的聖門是最古老而又保存完好的建築物，始建於 12 世紀，其間加建和整修，在 16 世紀時，是俄羅斯最堅固和最華麗的修道院，若細心觀察，可看到修道院外牆部分，有不同年份的整修

橙牆白窗框的建築物是主顯聖容修道院內的展覽廳

和加高痕跡。修道院的建築群內有一展覽廳，展示了很多修道院的文物：有手抄書籍、羊皮文獻、壁畫；13–20 世紀的珠寶首飾，白銀製品，民間藝術的木雕、木壁畫、織布、印花布、刺繡、金銀陶器製品，俄國和蘇聯時期的錢幣珍品等等。

在修道院的範圍內，有數個古鑄鐵銅鐘，有一工作人員在那裏敲擊數個銅鐘演奏音樂，讓參觀者在鐘聲柔和的氣氛下，感受一下古俄羅斯的文化氣息。

工作人員在敲擊數個銅鐘

在主顯聖容修道院旁，是天使長米迦勒教堂 Mikhaylo-Arkhangelskiy Khram（Церковь Михаила Архангела）。

天使長米迦勒教堂

雅羅斯拉夫爾美術館 Yaroslavl Art Museum （Ярославский художественный музей）

導遊帶我們到原為本地總督府的美術博物館。

此博物館的展品分兩部分，門前寫著門票的價錢，二、三層是 17-20 世紀的俄羅斯藝術收藏，包括教堂壁畫和聖像畫（門票 200 盧布）。油畫部分是另收門票 200 盧布。畫藏

美術館內的俄美女講解員

品不及莫斯科特列季亞科夫畫廊豐富，但服務形式卻令人難忘。首先是有美麗的俄國少女，穿著漂亮的俄羅斯宮廷裙子，拿著俄式摺扇，婆娜多姿，輕聲燕語的為我們做响導，介紹美術館內的珍藏、油畫、生活用品、俄國宮廷內的禮儀

男女講解員準備跳俄羅斯宮廷舞

等，她們還教我們認識當年俄國少女，如何利用手中摺扇，擺放在自己身體不同的部位或位置，以含蓄的示意，向追求的男仕們，作出接受或拒絕邀請的訊息。參觀的尾聲，還有一段宮廷舞和鋼琴表演，更邀請參觀美術館的賓客們共舞，他們的熱情招待，實令人感到有真如身處 17、18 世紀時，俄國宮廷舞會的浪漫。

美術館的後方，有個很大的花園，院內繁花似錦，浪漫異常，擺放了不少現代派的雕刻藝術，也是一個很好的攝影場所。

步回船上的小廣場上，是擺賣俄羅斯紀念品的小攤檔。

《俄羅斯母親河》紀念碑

船開航向著下一站駛去了。途中晚餐時，船駛經象徵《俄羅斯母親河》的紀念碑。

第4站 哥列斯 Goritsy (Горицы)

☆是寧靜潛修之地？是避難所？☆

巴魯沙斯基修道院

7月20日，河船在駛入白湖之前，我們在色士那上游 Upper Sheksna (Шексна) 的哥列斯小鎮停泊。

哥列斯小鎮是個寧靜的小鎮，它是匯聚了俄羅斯最多修道院的地方。我們跟著當地的導遊到其中一間出名的奇偉魯·巴魯沙斯基修道院參觀。

伏爾加河之夢 4

巴魯沙斯基修道院 Kirillo-Belozerskiy monastery (Кирилло-Белозерский монастырь)

畫滿聖像的修道院入口

修道院建於1397年，是當年奇偉魯修士，想找尋一處寧靜潛修之地，使他可以更接近神，終於在這小鎮內找到了地方而建造了修道院。這修道院在建成之後的歲月中，每當俄羅斯政局動盪時，都會充當

落難皇族們的收容所。又
在之後的歲月中，為了
抵禦波蘭人和立陶苑人
的入侵，改建成堡壘。
蘇聯時期，這裏的修
士們更有被殺的，有被
捉去勞改營的，所以這
也是個充滿歷史記憶的地
方。由於它的歷史悠久，最
近更被冠名為「俄羅斯第七
個奇蹟」呢。

博物館內的小雪橇

這堡壘修道院內
有個小型的博物館，
展示當年生活在這裡
的人，生活樸素自主。
堡壘背後的色士那河
Sheksna，美麗寧靜，偶
爾也有當地的美女到來作
日光浴，浪漫肉感！

博物館內的生活陳設

參觀完修道院
後，我們在回船的
路途中，偶爾看見
一、二個村民，在
樹下拉琴唱歌，賺
取遊客的小費。

船開航了，距離
晚餐還有一段時間，
河船經理安排了彩繪俄羅斯套娃

修道院後的色士那河畔

活動給沒有午睡的旅客。在這俄羅斯套娃繪畫的課程中，我們學會嵌套娃娃的裝飾。主持課程的美女還說，明晚晚宴時，將會舉辦各自繪畫的套娃選美比賽呢！

途中拉琴唱歌的村民

俄式烹調的鴨腿

今晚的晚餐是俄式烹調的鴨腿，鬆軟美味，佐以俄羅斯的紅白餐酒（團費已包），令人食指大動。

船向著白湖駛去，兩岸綠樹變成墨綠，月亮照在寧靜無波的湖面上，份外明亮照人，是外國的月亮特別圓？還是此時心境平靜安閒，覺得它特別圓？!

伏爾加河之夢 4

外國的月亮特別圓？

第5站 基日島 Kizhi (Кúжи)

☆隱居世外桃源！你想嗎？☆

　　7月21日早上起來，河船在伏爾加波羅的水道 Volga-Baltic Waterway (Волго-балт, Служба Капитана Рейда) 上航行，期間航駛入數個水閘中，經過6個水閘的降低海拔水平線後，船從高處的白湖 Lake Belloye (озеро Белое) 轉入較低的澳涅加湖 Onega (Онéжское óзеро) 了。澳涅加湖上風光明媚，兩岸的農舍村莊綠意悠悠，一片世外桃源的境象，我們的船繼續向前行駛。

穿過水閘門就是澳涅加湖

河船駕駛室

　　這天，河船經理為我們安排了進入駕駛室與船長暢談的機會。船長駕駛室設在河船最上層的前方，我們十來個有興趣的旅客跟著負責節目的美女主持來到駕駛室，與船長握手寒暄後，

便開始由美女主持做翻譯（船長只懂俄語），向我們介紹船上導航設備和航道的特色了。這條由莫斯科到聖彼得堡的水上航道，始建於彼得大帝時期，大帝將俄羅斯的首都莫斯科遷移到本屬瑞典領土的芬蘭海灣涅瓦河三角洲內的聖彼得堡。他命人開鑿運河。1703 年運河開始運行，建水閘——將高山上的湖泊串連起來，到 1709 年，從聖彼得堡港口，已可以由水道直達伏爾加河流域一帶和俄羅斯中部的莫斯科了。到 1712 年，彼得大帝更遷都到聖彼得堡。自始，俄羅斯由一個內陸小國擴展到與西方國家接口的波羅的海國家了。

基日島上的木敎堂建築群

河船在澳涅加湖航行，向著基日島——一個在澳涅加湖上的狹長小島前進。

基日島現今是個風景保護區。當我們踏上這小島上時，有如回到古俄羅斯時代。這小島從未受戰爭洗禮和革命時期的摧殘，島上的人都相信這是因為得到神的庇蔭，所以安然渡過。島民十分虔誠，他們誠心的願意花金錢和精力在興建教堂上。島上最著名的是 1991 年被列為聯合國世界文化遺產 UNESCO，以全木頭結構建築的俄羅斯東正教鄉村教堂—主顯聖容教堂。洋蔥頭狀的屋頂，似被煙燻黑了的蒜頭，其實是油了銀黑色漆油的木片堆砌而成，手工精細，令人讚歎。這舉世聞名的木結構教堂，全由島上的普通木匠工人建造，全教堂不用一口鐵釘，只利用木片與木片間緊密的連結鑲嵌起來。我們在參觀教堂外圍時，就看到一個木匠專心致志的在整理，琢磨一些新的木片，他身旁有數片霉爛殘舊的木片，看來是從旁邊的木教堂拆卸下來，需要替換的。

伏爾加河之夢 5

主顯聖容木教堂 Tserkov' Preobrazheniya Gospodnya (Церковь Преображения Господня)

這座令人讚歎的主顯聖容木教堂，聽當地導遊解說，是修建於 1714 年，當年並沒有設計圖紙，只憑工匠的感知和前人的經驗建成。木教堂有 37 米高，共 3 層，每層的的圓頂直徑不一，但看上去層疊有緻，富立體感。

銀黑色的主顯聖容教堂洋蔥頭屋頂

教堂的圓頂是用一種特殊的木材油漆裝飾，在陽光照射下反射出銀黑色的光面，美麗質樸又特別，使人有至身於童話故事城堡中的感覺。

1764 年，在主顯聖容大教堂的旁邊，有座較小規模的聖母教堂。一百年後，在這兩座教堂間，又建造了圓錐形的鐘樓，這 3 座建築物就構成一體，成一三角形了。環顧教堂四圍，景觀美麗自然，零星的民居和生活建設，使這小島彷如隔世天堂。

主顯聖容大教堂（左）.鐘樓（中）.聖母教堂（右）.

維修木教堂的新木片

農舍展覽館內的生活陳設

用來拍打身體的樹枝

我們參觀完教堂後,當地導遊領我們到一間本地農舍的展覽館,館內陳設了島上居民的生活佈置。農舍內陳設簡樸,全屋暗暗的,有暖坑由廚房的煮食大爐經管道傳至每個廳房,沒有現代化的廁浴,但有一所設在屋外面的沐浴熱蒸氣澡堂室 Russkaya banya。澡堂室內有一個用柴枝燃燒的爐灶,旁邊有個木水桶,水桶上有個用來盛水的水勺,水桶旁的桌上放有一扎一扎的樹枝,導遊說這多是桂樹枝,橡樹枝,或針葉樹的枝,俄羅斯人在冬天享受熱蒸氣沐浴時,用來拍打身體的。

俄羅斯澡堂的歷史源遠流長。俄國人的沐浴方式很特別,他們先蒸熱身體,然後浸冷水,再蒸熱身體,再浸冷水,來回數次後才完成沐浴的步驟。有些身體健壯的俄國男子,更在蒸熱身體後,跑到戶外雪地上滾動,回來蒸氣澡堂室內再蒸熱身體,又走出戶外滾,如此來回數次後,才完成沐浴過程。有些則在澡堂室內

伏爾加河之夢 5

蒸熱身體，用樹枝連樹葉扎，拍打身體至通紅，才浸冷水浴，又是來回數次後，才完成沐浴的過程。現在俄羅斯城市內的澡堂，已很現代化了，設備有如我們現在的蒸氣浴室。傳統的澡堂室，也只有在遠離市區的鄉間或觀光區才能看到。

島上的民居生活建設

在基日這小島上行行，走走，拍拍照，感覺心情舒暢，與世無爭。但回頭想想，若長居於此，是否是我所願？從小生活在大都市的我，偶一為之，作旅遊渡假則可，長居則怕難適應世外桃源的生活了。

回到河船上，豐富的晚餐和精彩的節目正等著我們。

今晚，是俄羅斯之夜。船上的服務人員穿上傳統服飾招待我們，河船客人也穿上日前各自買的俄式衣飾或圍裙，隨著大伙兒跳俄羅斯傳統的歡迎舞。晚餐中還有俄羅斯人教我們喝俄國酒的禮儀呢。

俄羅斯人喜歡喝酒，是世界聞名的，伏特加酒更代表了俄羅斯的國酒來侍客。俄國人性情爽朗，喝酒時喜歡一飲而盡，所以與俄國人喝酒，最好是用小杯，因祝酒時，很多時都是喝伏特

教我們喝俄羅斯酒禮儀的主持人

將小杯酒放在彎曲的臂彎內，一飲而盡

兩杯到肚，已覺飄飄然

加烈酒，不用小杯，可能一杯已醉。俄國人在酒會上祝酒也頗講究，第一杯通常是祝有緣相聚，將小杯酒放在手指背上，相對一飲而盡。第二杯是祝福健康，將小杯酒放在彎曲的臂彎內，一飲而盡。第三杯為一切的愛，國家，家庭，妻子，朋友，總之一切的愛，一飲而盡。最後一杯為感謝當晚服務我們的主人家或服務員和廚藝高超的廚師們而敬，也是一飲而盡，四杯之後，已覺飄飄然。

　　晚會後，還有之前我們在課程中彩繪套娃的選美呢！今晚的節目愉快溫馨，餐後我的腳步已輕浮，要回房休息了。

套娃的選美比賽

伏爾加河之夢 5

第6站 文多爵爾村莊 Verkhniye Mandrogi (Верхние Мандроги)

☆是愧疚？還是另有情懷？☆

7月22日，船經過一個水閘後，從奧涅加湖進入斯維爾河道 Svir(река Свирь)。

坐落在斯維爾河畔旁，處於基日小島和聖彼得堡途中的一個森林小村莊，就是文多爵爾村莊。二次世界大戰期間，這小村莊曾被德軍轟炸，後經半世紀的重建，現已成為一個夢幻般的理想渡假勝地。

進入斯維爾河道的水閘

船到達文多爵爾村莊碼頭，河船沒有安排當地導遊，我們可以自由自在的在渡假村內走走，拍拍照，欣賞這渡假村的湖光山色，手工藝展覽館，俄羅斯民間手工藝工場，村莊內居民的傳統生活等等。

廣場上的大滑梯

上岸，看見的是一片如迪士尼設施的大廣場，廣場後就是渡假村了。渡假村內的建築物，充滿了童話故事般的可愛，有鱷魚龍頭的裝飾，有太陽森林鳥居裝飾的酒店，還有很多很多可愛的七彩小屋，我想，居住在這裏的人，一定是充滿了浪漫愉快的情懷。

有鱷魚龍頭裝飾的建築物

太陽森林鳥居裝飾的酒店

向前走，看見一所販賣酒類飲品的商店，內裡擺放了很多俄羅斯酒品種，還有免費試飲招待，很多船友劉伶客都欣喜萬分，他們可在這裏嘗盡心頭好，甚或買幾瓶回家享用和收藏呢。我們不是劉伶客，繞過酒商店，到旁邊不遠處的一所裝飾奇特，內裡擺放了很多精美工藝作品的俄羅斯民間手工藝工場。在這手工藝工場裡，可以欣賞到俄羅斯的民間藝術家為他們的作品雕琢，上色，最後擺放在展架上擺賣。

伏爾加河之夢 6

清澈平靜的小湖泊

小村屋花園內玩耍的小朋友

走出了較繁忙的商業區，是一個寧靜和諧的小村莊，村莊沿著一潭清澈平靜的小湖泊興建。湖泊上有個小碼頭，湖面上有片小木伐，看來是給村民釣魚用的。與我們同行的一個德國老遊客，在途中與幾個在小村屋花園內玩耍的小朋友搭訕，詢問他們一些問題，我聽不懂，後來與這位同船的德國朋友用英語溝通，才知他是半世紀前曾經參與德俄戰事的退休軍官，現在隨船到此處旅遊，是懷緬過去，又想看看曾被轟炸後的俄羅斯小鎮現時的景況，他是愧疚？還是另有情懷？

我們沿湖再往前走，看見幼稚園，小牧馬場，仍在興建的教堂，渡假村酒店等等，在這裡，我們體驗到俄羅斯小鎮的鄉村生活。

小牧馬場

　　沿湖行走，是一條循環線，我們好像返回廣場的另一邊，看到河船的踪影了，就在此時，我們遇見兩位在船上工作的美麗俄羅斯姑娘，手拿著兩個膠袋，很興奮的在找尋些東西。我的好奇心又來了，上前搭訕並詢問她們袋中裝的是什麼東西。嘩！一看之下，我也興奮莫名，原來是兩袋大大個的蘑菇！她們手指著旁邊的樹林說，她們每次隨船到

一袋大大個的蘑菇

入樹林採蘑菇

這小村莊來，都可以在此樹林中找到很多好吃美味的大蘑菇，帶回船中烹煮食用，或曬乾留作冬天的食糧。蘑菇是很美味的食物，在俄羅斯的小菜中，是不可少的佳餚之一。哈！我的童心又來了，我要跟她們一起入樹林採蘑菇，更可學習如何分辨可吃或不可吃的蘑菇呢。

　　採罷蘑菇，還有一段短短的時間才到最後登船時候，兩位美麗的姑娘要提早回船準備我們登船的工作，別了她們後，我們走到廣場的另一面，是販賣俄羅斯紀念品的小攤檔，在那裏買了小小心頭好後便返回河船上了。

伏爾加河之夢 6

參觀船上機房

俄語班同學合唱俄羅斯民歌

船未開航前，船上的節目經理安排了一項參觀機房的節目，外子是船機工程師，對此甚感興趣，那他去參觀機房，我則回房化裝打扮，準備今晚的歡送晚會。晚會其中一項節目，是我們幾個每天都一定出席俄語教授班的同學，要合唱一首俄羅斯民歌。我們在河船上生活6晚，除首尾兩天外，每天都必有一小時學習俄語課程，這讓我們對俄羅斯文化多一層認識之餘，更對我在餘下的俄羅斯西伯利亞火車之旅的自由行時方便多了。

今晚，在船上享用第六晚的晚餐，晚餐上有芝士焗蘑菇，哈，這些蘑菇是今天採摘的?!味道真鮮甜美味！

晚餐上的芝士焗蘑菇

飯後，與船上
各工作人員合照
話別，有些不
捨，特別是美
麗成熟的河
船經理，她
的親切和多天
來在船上安排
的節目和活動，
都令人愉快難忘。
記得有天我和她閒

與美麗成熟的河船經理合照

談間，問她在冬天河船停開的
日子，她如何渡過這八個月的無工作生活，她說，沒有工作的日子，
是她最開心的時刻，她可以在家陪伴子女丈夫，一齊去渡假，滑雪，
她還給我看她的家庭照呢。俄羅斯人對家庭生活的重視，並不遜於我
們中國人。

夜了，望著仍不願西下的太陽，我們也不想早睡，站在船頭，看著
河船在寧靜的拉多加湖 Ladoga Lake(Ла́дожское о́зеро) 上航行，
明天我們將會到達聖彼得堡，繼續餘下的三天伏爾加河之夢之旅了。

第7站 聖彼得堡 Saint Petersburg (Санкт-Петербург)

☆聖彼得堡曾是一片不為人關注的芬蘭灣畔沼澤地☆

聖彼得堡，一個代表華麗，浪漫，充滿傳奇的俄羅斯第二大城市，也是俄羅斯經濟文化的商業中心。在彼得大帝之前，此地本是瑞典國家在芬蘭灣畔一個不為人所關注的沼澤地。後因彼得大帝在位時，銳意發展通往歐洲的通道，所以在經歷多翻與瑞典的戰爭後，終於將此沼澤地歸立入俄羅斯地理版圖。1703 年，彼得大帝為了要將此沼澤變成俄國的永久地，他在此地大興土木，建設城市，更將內陸的首都遷於此。此後再經俄國的多名有為君主，嘉芙蓮大帝（嘉芙蓮二世，彼得大帝的外孫媳婦），亞歷山大一世及尼古拉一世等的建造，聖彼得堡便成為世界上知名的城市，俄羅斯經濟文化藝術的代表地，更被稱為北方的荷蘭水鄉「阿姆斯特丹」。

聖彼得堡因鄰近歐洲，所以相比俄國其他城市較為歐化，懂說英語的人也較多，所以是一個旅遊城市。很多到波羅的海的歐洲郵輪，也會在此港口停泊一至二天，讓旅客有機會遊覽以前蘇聯時期的鐵幕國家城市，我們在三年前也曾乘坐郵輪到此城玩了二天，意尤未盡，現在再度重遊，仍覺有很多地方值得遊覽。

我們河船從拉多加湖 Ladoga (Ладожское óзеро) 進入涅瓦河 Neva river (Речной порт и вокзал)，停泊在涅瓦河內的一個河船碼頭。碼頭內已停泊了很多往來於莫斯科和聖彼得堡的河船，很是熱鬧。我們船過船的上了碼頭後，

聖彼得堡的河船碼頭

Volga Dream 的當地導遊和旅遊車已在等我們了。

古埃及的人面獅身像 Ancient Egyptian Sphinx

在聖彼得堡，第一個到達的目的地是瓦西里島的河畔區。旅遊車停在俄羅斯列賓藝術學院美術館 Санкт-Петербургская академия художеств 對出的河畔區，古埃及的人面獅身像 Ancient Egyptian Sphinx 旁。這個有三千多年歷史的雙層頭冠法老王面容的獅身像，本來是在 1830 年埃及出售此像時，被法國首先買下的，但法國不久爆發大革命，1832 年，獅身人面像便輾轉被賣到聖彼得堡的帝國藝術學院，後來更放在現時的美術館前的涅瓦河畔。

古埃及的人面獅身像

羅斯特拉燈塔柱 Rostral Column
(Ростральная колонна)（又叫海神柱）

羅斯特拉燈塔柱

海神波塞冬的雕像

我們跟著到的是羅斯特拉圓形燈塔柱，這兩條橙紅色的燈塔柱，分坐於瓦西里島岬角上南北兩側，遙望兔子島 Hare Island (Заячий остров) 上的彼得保羅城堡 Peter and Paul Fortress。此燈柱建於 1810 年，高 32 米，作為引導船隻在涅瓦河進入港灣的照明燈。燈柱的設計是以古羅馬戰爭時的風俗，將敵方的船頭砍下來放在柱上，以示慶祝勝利的象徵。「羅斯特拉」是船頭的意思，它的底座，用大理石雕刻了 4 個神話

伏爾加河之夢 7

81

人物，分別代表俄羅斯的 4 條大河，涅瓦河 Neva River（Невá），第聶伯河 Dnieper（рака Дняпро），伏爾加河 Volga river（река Вóлга）和沃爾霍夫河 Volkhov（Вóлхов），海神波塞冬的雕像就代表了其中之一。

彼得保羅城堡 Peter and Paul Fortress（Петропавловская крепость）

在 1703 年，彼得大帝為防禦瑞典軍隊入侵而下令修建的一座位於涅瓦河北岸兔子島上的城堡，但這城堡從未作軍事用途，卻在 1720 年變成一所監獄，直至 1924 年蘇聯時期，始被改劃為博物館。

彼得保羅大教堂 Peter and Paul Cathedral（Петропавловский собор）

島上初時只有一座木教堂，後在 1712 年才開始修建成現時的巴洛克式有 123 米高的金色東正教教堂和鐘樓。教堂內裝飾金壁輝煌，天花上彩繪了很多聖畫和懸吊了很多美麗的燈飾。歷代的俄國

彼得保羅大教堂內的天花彩繪和燈飾

沙皇，如彼得大帝 Peter the Great，嘉芙蓮大帝 Catherine the Great（彼得大帝的外孫媳婦）等，都長眠於此，靈柩擺放在面對聖像屏的右側。

彼得保羅大教堂鐘樓的對面是 1724 年創立的造幣廠，為俄國鑄造各種硬幣、紀念幣、獎章、徽章等。

鐘樓外的廣場上還有一所橙牆白柱的小屋，屋內擺放了彼得大帝青年時到歐洲學藝，親手造的船，不過當天小屋內部維修，沒有開放，緣慳一面。

離開彼得保羅城堡，途經聖埃薩 Issac's Cathedral 大教堂前的廣場和滴血救世主教堂 Church of the Savior on Spilled Blood，因時間關係，只在兩個廣場上拍了多張相片後，便匆匆上車到城內的一所俄羅斯西餐廳吃午餐，這餐午飯是 Volga Dream 包的。跟團旅行，就是如此匆忙，不過之後離團的日子，我們會安排重來此地，買票進入這兩間教堂，看過究竟。

午餐後，參觀隱士盧博物館 Hermitage Museum， 又叫冬宮，一所提起到聖彼得堡旅遊時，無人不去的博物館。

在鐘樓外橙牆白柱的彼得大帝小船屋

聖埃薩大教堂

滴血救世主教堂

滴血救世主教堂前的攤檔

伏爾加河之夢 7

隱士盧博物館 Hermitage Museum（Государственный Эрмитаж）

　　隱士盧博物館位於聖彼得堡涅瓦河畔，是建於 18-19 世紀的建築群，共有 6 座建築物，冬宮是其中主要的一座，它曾是歷代俄羅斯沙皇的宮邸。在 1917 年開放為國立博物館，是世界四大博物館之一。（世界四大博物館是英國大英博物館、美國大都會博物館、法國羅浮宮博物館和俄羅斯的隱士盧博物館）

　　隱士盧博物館內藏品豐富，不久前我們雖曾參觀二天，現在再隨團入內看，仍有驚為天宮的感覺。館內的珍藏和宮內佈置的華麗，簡值令人感到美到不可言諭。其實四大博物館我們也曾踏足，各有各的美和品味，但以奢華，瑰麗，隱士盧博物館是首屈一指的。

　　博物館內分有西歐藝術部（有 120 個展覽廳，60 萬件展品），古希臘藝術部（有 33 個展廳，50 萬件藏品），俄羅斯文化史部（有 50 餘個展廳，30 多萬件展品），古錢幣部（有 111.5 萬件展品，包含了古希臘及東方錢幣，歐洲及美洲古錢幣等），軍械庫（有 1.5 萬餘件俄羅斯，西歐和東方武器樣品），科學圖書館，科學技術鑒定部，鐘錶和樂器修復部，隱士盧劇院等。藏品豐富珍貴，若是仔細欣賞，要在這博物館待上三幾個月也不為多。

隱士盧博物館內旳展品

此隱士盧博物館——冬宮，是彼得大帝第三女兒伊麗莎白・彼得羅夫娜在位時命人建造，（這女沙皇，雖無建樹，卻獨具慧眼，是她從德國招覽十五歲的少女成為彼得三世的妻子，即彼得大帝的外孫媳婦，後期鼎鼎大名的嘉芙蓮大帝）此女沙皇喜好奢華，所以冬宮內的佈置裝飾極盡奢華瑰麗，但這冬宮在女皇死後才修建完成。後再經嘉

女沙皇伊麗莎白・彼得羅夫娜的油畫像

芙蓮大帝擴建。（嘉芙蓮大帝又叫嘉芙蓮二世，她在位時俄羅斯國土版圖擴大至西方的波蘭和立陶宛大部分地區，南方的克里米亞，東方的阿拉斯加，當時是俄羅斯帝國的黃金時代。）在 1764 年，嘉芙蓮大帝更將私人博物館遷入冬宮，這就是隱士盧博物館的前身了。

我們隨團進入隱士盧博物館，首先映入眼簾的是白底金花邊欄杆襯以紅地毡的大使階梯，階梯天花上繪有義大利畫家作品《奧林帕斯》，牆身有神話人物雕像，綴金和明鏡片裝飾，美輪美奐，華麗至極。三年前我們在此謀殺不少菲林，今次更因用 SD 卡可大容量儲存而不吝嗇拍攝。

黑底白花紋的大理石花瓶

參觀隱士盧博物館的遊客和本土遊人眾多，也因是隨團，注足細心觀看各雕像裝飾，幾乎是不可能。我們進入博物館內的大花瓶廳，大大的花瓶由一塊黑底白花紋

伏爾加河之夢 7

85

的大理石切割而成。我們繼而走到彼得大帝大廳，亞歷山大廳 Alexander Room 改建的黃金大廳，白底綴以黃金花飾花邊的聖喬治大廳，1812 衛國戰爭廳等等，每個廳堂都裝飾得美輪美奐，華麗異常，也各具特色，令人讚歎不已。畫廊則有小義大利光廊，法蘭德斯藝術畫廊，拉斐爾敞廊等等，大廳和畫廊內既有多幅彼得大帝和嘉芙蓮大帝的油畫，有顯示戰爭殘酷的油畫，也有溫情而又聞名於世的達文西名畫《聖母與聖嬰》等等。

彼得大帝大廳

黃金大廳

1812 衛國戰爭廳

名畫《聖母與聖嬰》

拉斐爾敞廊是 1780 年代，嘉芙蓮大帝命建築師效法羅馬梵蒂岡宮內著名的拉斐爾室建造，敞廊拱門內繪製的一系列聖經相關畫作，形成了「拉斐爾聖經」敞廊；牆上更有拉斐爾受羅馬皇帝尼祿黃金宮出土壁畫的靈感而作的穴怪圖。

拉斐爾敞廊

最多人圍觀和舉機拍攝的其中一件展品是英國鐘錶師 James Cox 設計的黃金孔雀鐘，內有一隻公雞和其他小動物站在一棵樹旁。每逢正點，孔雀會開屏，公雞會啼叫，還有數字顯示時間，是鎮宮之寶。導遊說，現時的黃金孔雀鐘一個月中的一日，其中的一個整點才會讓時鐘運轉，我們到訪的一天，剛巧是運轉日，鐘前擠滿了遊客和參觀者，我們幾經辛苦才拍得黃金孔雀開屏照片。

正在開屏的黃金孔雀鐘

我們由導遊帶領，由一個廳走到另一個廳，眼睛簡直忙得不亦樂乎。名畫、雕像、不同紋理顏色的一件過的大理石花瓶、銀器餐具、首飾、珠寶、錢幣、古埃及法老王石棺、武器等等，不能盡錄，目不暇給，簡直是劉姥姥入大觀院，驚歎不已。其實我和外子三年前已花兩天時間參觀此博物館，今次重遊，仍有驚喜的收獲，看到很多上次忽略的展品。

黃昏了，博物館要關門了，我們不捨的隨著導遊離開，到步程只有十分鐘的 Kempinski Hotel Moika 22 凱賓斯基莫尼卡 22 酒店報到了。我們會在此酒店居住三晚，之後才結束 Volga Dream 的整個旅程。

用 16 種不同顏色木條砌成的地板花紋

天花上的綴金花紋圖案與地板上 16 種不同顏色木條砌成的花紋圖案互相輝映

古希臘藝術廳內的海神雕像

聖彼得堡水道觀光河船

聖彼得堡有很多大小不同的河道，不同時段有不同的航綫，價錢亦因繞大圈或繞小圈之別而有異，但所遊熱點大同小異。

水道觀光遊小船

黃昏，是遊船河的好時光。晚飯後，是自由行時段，我們走出酒店，沿河慢步，約十米處就有一個小碼頭，停泊了為自由行旅客提供的聖彼得堡水道觀光遊小船，1 小時河上旅程，有英文旁述，票價 USD10/ 人。我們不假思索便上船去了。

遊船是有玻璃蓋頂的觀光船，坐在船艙內也可舒服的欣賞無縫玻璃窗外的景物。我們選擇坐在沒有蓋頂的河船上層甲板上，可以更零距離的視覺享受兩岸風光。

兔子島上的彼得保羅城堡

河船從酒店外的莫伊卡水道 Moika Wash (Мо́йка) 出發，穿過數條小橋和架在隱士廬博物館和冬宮之間的小石橋，向着涅瓦河進發。

伏爾加河之夢 7

宮殿橋（貫通兩岸多所宮殿的橋樑）

俄羅斯海軍部大樓

在涅瓦河上遠眺的冬宮

出了涅瓦河，是寬闊的河道，迎臉看到的是兔子島上的彼得保羅城堡，船向左轉，是兩條橙紅色的羅斯特拉燈塔柱和燈塔柱後一系列的典型俄羅斯建築物。穿過宮殿橋 Palace Bridge（Дворцовый мост），是大學城 Universitetskaya（Университетская набережная）。河船再前行不久，看見彼得大帝青銅騎士像廣場便回頭，我們遠望看到廣場後的聖伊薩大教堂，俄羅斯海軍部大樓，冬宮，隱士廬博物館等等，沿著岸邊經過大理石宮殿 Marble Palace（Мраморный дворец），亞歷山大三世紀念碑，聖彼得堡國立大學的文化，跟著轉入彼得大帝夏宮旁的芳廷加水道 Fontanka（набережная реки），沿著芳廷

加水道向前行，俄羅斯馬
戲藝術博物館，四馬橋
等等都映入眼簾。觀光
船向前行駛到克留科夫
水 道 Kryukov Canal
(Крюкова канала) 轉
入，經過右手旁的馬林
斯 基 大 劇 院 Marinsky
Theatre (Мариинский
театр)，一所在聖彼得堡無
人不知的大劇院，每年在此演
出無數著名的芭蕾舞蹈劇目，
也是遊客們必去欣賞俄羅斯芭
蕾舞蹈的表演場所之一。觀光
船在克留科夫水道 Kryukov
Canal (Крюков кан) 再 向
前航行不久，就右轉回歸莫伊

河船經過的四馬橋

水道旁草地上曬太陽的市民

加水道，水道兩旁的俄式建築物，是聖彼得堡的民居商店，讓船上的遊
客真正感到俄羅斯人在聖得堡的生活。船駛回我們剛下船的小碼頭。
我們上岸後，觀光船又準備招呼另一批等著下船的遊客了。

冬宮前廣場上搭建的舞台

時間已是晚上九時
許，天還是光光的，我
們沒有睡意，走到冬宮
前的大廣場。廣場上搭
了一個舞台，有樂隊和
歌星在獻唱，我們欣賞
了片刻便回酒店了，明
天還有精彩的節目呢。

伏爾加河之夢 7

91

喀山大教堂 Cathedral of Our Lady of Kazan
（Казанский кафедральный собор）

　　喀山大教堂是聖彼得堡最重要和最崇高的教堂之一，座落於繁盛的涅夫斯基大道 Nevsky Prospect 上。建於 1733-1800 年間，是以古羅馬聖彼得教堂為原本而建造，祭壇向東，大門朝西，但因側面向涅夫斯基大街不美觀，故在兩旁建造弧形側翼柱廊，柱廊與大街又隔著一片青草地花園，這使喀山大教堂最後變成典型的俄式教堂。教堂前豎立著前將領庫圖佐夫元帥的雕像（庫圖佐夫元帥就是在 1812 年衛國戰爭中以「清野戰術」擊敗拿破崙軍隊的俄國將領），他旁邊的雕像是與他同期的巴克來德托利元帥。

　　[清野戰術] 是類似 [焦土政策] 的一種戰術。十九世紀初，拿破崙入侵俄國國境，打至莫斯科時，俄國將領庫圖佐夫將軍命莫斯科人民帶備所有家當棄城，實行「焦土政策」，讓拿破崙的軍隊如進廢城。不久，冬天已到，莫斯科城內大雪紛飛，拿破崙的軍隊因無糧，無取暖之物，在可維持生命的資源嚴重短缺下，凍死、餓死的拿破崙軍隊多不勝數。三個月後，庫圖佐夫將軍率領俄軍折回，輕而易舉地重奪莫斯科，這就是俄國著名的 [1812 年的衛國戰] 了。

喀山大教堂

　　喀山大教堂是歷代沙皇和軍方將領舉行重要禮節的場所，如嘉芙蓮大帝之子保羅一世就曾在此舉行婚禮；著名的俄國將領庫圖佐夫元帥在出征前，也會在此祈禱，勝利歸來後又在此祝捷；後來庫圖佐夫元帥不幸死於征戰中，他的遺體防腐後運回俄羅斯亦葬於此。庫圖佐夫元帥墓碑兩旁還掛滿了在俄法戰爭中，被攻陷城市的市旗和鎖匙。

進入教堂免費參觀，是要遵從各種禮節的，女仕要包頭，男女衣著要保守，上不能露肩，下不能露膝，不准拍攝。(在俄羅斯參觀教堂，女士都會被要求包頭，所以最好時常帶備絲巾，以備不時之需。)

教堂內供奉著聖母瑪利亞，堂內寬敞宏偉，肅穆莊嚴，前來膜拜的人都很認真虔誠。我們只停留片刻後就匆匆離去，到下一個景點了。

我們由導遊帶領從陸路前 往彼得霍夫宮。離開喀山大教堂後，車子在涅夫斯基大道上行駛，沿途看到不少甚有氣派的俄式建築物，也經過四馬橋，埃及橋等，最後到達彼得霍夫宮的後花園。

涅夫斯基大道上的俄式建築物

彼得霍夫宮 Peterhof (Петергоф)

彼得霍夫宮又叫夏宮，是歷代沙皇的夏季離宮。彼得大帝於1710-1714 年命人興建，作為觀視芬蘭灣畔軍情的夏季離宮。後期陸續興建的下花園，上花園，大宮殿及世界最大的噴泉系統和眾多的雕像，花瓶裝飾等等，都是處處顯露設計者的心思，用意是要凸顯彼得大帝兩大心願：一是要興建一座能與歐洲皇家離宮相提並論的華麗宮殿；二是要彰顯成功取得波羅的海出海口地域的凱旋勝利。

前往彼得霍夫宮可從陸路或水路兩路線，最方便是水路，可在隱士廬博物館旁的小碼頭乘船前往（單程票價 RUB800/ 成人，來回 RUB1500/ 人）

彼得霍夫宮的開放時間：
09:00-20:00

入場票價：
外國成人 RUB750/人；
外國學生 RUB450/ 人

伏爾加河之夢 7

老式宮殿 Monplezir（Дворец "Монплезир)

導遊領我們到彼得霍夫宮內面向芬蘭灣的海灘，和參觀建在海灘旁的，最早期興建的老式宮殿 Monplezir（Дворец "Монплезир"），這平房似的老式宮殿，曾是彼得大帝常到之處。當年彼得大帝戰勝瑞典王子，勇奪芬蘭灣畔的沼澤地後，就有一段時間長居於此，在此作為觀視軍情的帝皇住處。這老式宮殿內陳設簡單樸素，有如普通民房，與其後興建的大宮殿的豪華裝飾相比，簡直是天淵之別。

芬蘭灣畔的老式宮殿

買票進入老式宮殿

從彼得大帝的小傳內知道，彼得大帝是個頗節檢的君主，他的抱負是興起原本縮在內陸的小國俄羅斯，帶領俄羅斯衝出內陸，接軌歐陸世界，所以他排除萬難，幾經戰役，都要從瑞典領土上搶奪芬蘭灣

老式宮殿內彼得大帝的睡房陳設

這片沼澤地，又在此沼澤地上建立城都，後更遷都於此。建立聖彼得堡這個出海口城市，是彼得大帝的宏願，這就是為什麼他讓唯一的正統繼承人兒子，死於大牢中（有野史記載是彼得大帝殺子的），就是因為他的兒子無意發展聖彼得堡，更想「完璧歸趙」，將芬蘭灣畔的沼澤地歸還與瑞典。這也是彼得大帝想盡辦法要推舉他最信任的第二任妻子嘉芙蓮一世坐上沙皇寶座的目的，就是要她延續他的宏願。

彼得大帝的雕像

圍著老式宮殿的外圍，有青蔥的草地，修剪齊整的樹林花葡，還有不少金色的雕像。往前走，是彼得大帝的雕像，高高的矗立在紀念碑上，圍著紀念碑附近的空地，是俄羅斯街頭音樂藝人的表演場地。再往前走，呀！忽然有團友大叫，哦！原來他的衣服給突然從地下噴射出來的水柱濺濕了，導遊忙解釋說，我們現在踏著的是一條跳皮水路，是當年彼得大帝作弄群臣的一條「玩笑水路」，當人走過時，水會突然從地上不規則的小孔中噴射出來，看看誰會被噴中。哈！大帝也有其活潑跳皮，幽默的一面。

過了水路，在前面的就是造型可愛的飛龍國際象棋流水瀑布梯級 Chess Mount fountain Drago's Cascade (Каскад Драконов "Шахматная горка")。上了梯級，向右拐行，是特里頓噴泉水池 Triton Fountain (Фонтан Оранжерейный)。

飛龍國際象棋流水瀑布梯級

特里頓噴泉水池 Triton Fountain
（Фонтан Оранжерейный）

特里頓噴泉水池

噴泉的造型是一個大力士用手擘開龍獅的嘴巴，水柱從龍獅的嘴巴噴出來。水池週圍長著青青的草地和精心修剪的矮樹花林。再往前走，看見小噴泉水池和溫室，再向前行就是彼得霍夫宮內的下花園了。

下花園 Lower Garden

整個彼得霍夫宮的基本藍圖是彼得大帝親自確立規劃，以法國國王路易十四的凡爾賽宮花園為範本，嚴格對稱的幾何布局而設計。下花園是以大皇宮以北，面向芬蘭灣出口

下花園對稱的噴泉水道

的花園噴泉水道，配以構圖工整的大花園，精緻雕塑裝飾，和出海口水道為中線等的設計而建成。大瀑布是下花園的核心噴泉，1716年建造，1721年彼得大帝觀視下注水，1723年正式啟用，瀑布流注左右二旁的台階，其間豎立無數金色雕像。彼得大帝逝世後，在1735年，

參孫與獅子的噴泉雕像

在圓水池底層中央的部分，豎立了參孫與獅子的噴泉雕像，雕像的參孫強而有力，用手把獅子的大口擘開，水柱從獅子的口噴出來。獅子是瑞典的國獸，此像幽默的暗諷彼得大帝是參孫，他從象徵瑞典國的獅子口中勇奪出海口（芬蘭灣畔沼澤地）。

大皇宮 Peterhof Grand Palace (Razvodnaya ulitsa)

在大瀑布後方是大皇宮，要進入大皇宮後才可進入後方的上花園。進入大皇宮參觀要購票，（外國人 RUB700/ 人；外國學生 RUB400/ 人）參觀場次和時段都會因夏冬季和日子不同而有別，最好在參觀日之前上網了解清楚詳情。

金花邊金洋蔥頭的皇室教堂

這座橙牆白柱灰頂的大皇宮，和旁邊同樣色系但綴以金花邊金洋蔥頭的皇室教堂，是在 18-19 世紀由伊麗沙白女沙皇下令（是彼得大帝第三女兒伊麗莎白 · 彼得羅夫娜，即下令建冬宮的同一人），由多位名建築師合力打造建成，宮內廳堂精雕細琢，陳列了彼得大帝的私人物品和收藏。

離開彼得霍夫宮，旅遊車載我們回酒店，結束半天 Volga Dream 的導遊行程。

到達酒店，信步走到附近隱士廬博物館（冬宮）外的大廣場，今天天氣甚好，廣場上的遊人也多，我們在這裡閒逛，影影相，拍拍照，吃個午餐，感受一下聖彼得堡冬宮大廣場的夏日浪漫氣氛。

伏爾加河之夢 7

冬宮大廣場 Palace Square (Дворцовая площадь)

冬宮大廣場被列為世界文化遺產 UNESCO，因它有著近代俄羅斯歷史見証。在 1829-1834 年間，尼古拉一世為紀念兄長亞歷山大一世戰勝拿破崙，在廣場正中豎立亞歷山大紀念柱 Alexander Column (Александровская колонна)；1905 年 1 月 22 日廣場上聚集了要求沙皇尼古拉二世作政治制度和社會改革的群眾，被政府軍警射殺，死傷者有千多人，史稱「血腥星期日」；1917 年 2 月，世界各地發起革命，最後一個俄國沙皇尼古拉二世也被迫退位，列寧、史太林等從國外回歸，於同年 11 月，列寧率領紅衛兵和民眾等包圍冬宮，推翻俄羅斯共和國臨時政府，史稱「十月革命」。

冬宮大廣場是個三角形的廣場，冬宮門外的亞歷山大帝紀念柱，與其週邊建築物形成的等邊三角形銳角出口的 1812 年衛國戰爭凱旋門 Arch of the General Staff (Триумфальная Арка здание Главного Штаба) 連成一垂直線與冬宮相連。在凱旋門兩側，構成三角形等邊兩翼的弧型建築物，建於 1819-1829 年，原是帝俄時期的政府參謀總部，國防部，外交部和財政部，現除東翼是歸屬隱士廬博物館外，其餘仍屬軍方部門。

凱旋門，亞歷山大帝紀念柱和冬宮相連成一垂直線

　　我們信步走出凱旋
門，這裏是一個步行街，
不太寬敞的街道上有小攤
檔，也有美食餐車，遊人
在這裡購物，休息，吃小
食，也有一雙雙的新婚儷
影在這裡取景拍結婚照，
一片假日浪漫的景象。

凱旋門外的步行街

　　離開凱旋門外的步行街，行過橋，再跟著 Maps.Me 的離線地圖
走不多遠，就是滴血教堂了。跟著 Volga Dream 導遊團的時候，沒
有安排進內參觀，現在自由行時間，可以購票入內看個究竟了。

滴血教堂 Savior on the Spilled Blood (Спас на Крови)

　　這教堂的紅牆白框，不同格調而又多彩的洋蔥頭教堂頂，與莫斯
科紅場內的聖瓦西里大教堂有幾分相似，但歷史故事背景卻大不相同。
滴血教堂是紀念亞歷山大二世在 1881 年被革命黨分子投擲炸彈傷重
死亡的紀念教堂。他的兒子亞歷山大三世，命人在事發原址興建教堂，
以悼念被殺的亞歷山大二世。1883 年，這所紀念教堂以民間的捐款籌
建而成，當時更採用先進科技，在教堂內配置電燈泡照明，整個工程
耗時 24 年才完成。1907
年，末代沙皇尼古拉二世
出席啟用祝聖大會。但 10
年後的 1917 年，尼古拉
二世宣佈退位，結束 300
餘年的羅曼諾夫王朝統
治。1930 年二次世界大戰
期間，滴血教堂曾充當停
屍間。戰後又當小歌劇院

教堂內的馬賽克壁畫和電燈泡照明

伏爾加河之夢7

倉庫，到1960年代，教堂因長期失修已損壞不堪，後經聖埃薩大教

堂博物館館長布奇科夫大力奔走下，滴血教堂才開始整修。到1997年修復完成，對外開放。票價RUB250/成人，RUB150/學生；逢週三休息，冬季開放時間10:30-18:00，夏季開放時間較長10:30-22:30。

滴血教堂內的馬賽克壁畫

門口廊下的巨人阿特拉斯

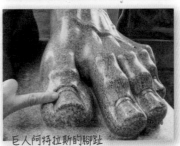
巨人阿特拉斯的腳趾

現在已修復的滴血教堂內部的馬賽克壁畫，美侖美奐，精彩萬分，壁畫總面積有7000多平方米，是著名的馬賽克藝術大師弗羅洛夫根據瓦斯涅佐夫，涅斯切羅夫等名畫家畫作設計拼製，耗時10年才完成，是歐洲最大的馬賽克藝術之一。

離開滴血教堂，是晚飯時間了，在滴血教堂到冬宮途中的大街小巷內，有不同的餐廳營業，俄式西餐館，日式甚或韓式，我們最後選擇了韓式晚餐（餐價約RUB500/人）。餐後回酒店途中，看到了隱士廬博物館後街入口處，有多個撐起門廊的巨人阿特拉斯（他們原來是希臘神話中的提坦神族的擎天神，因反抗天神宙斯失敗，被罰到世界最西邊支撐蒼天），這些巨大的天神門廊裝飾設計，是歐洲建築物傳統特色之一。

今晚要回酒店早睡，因計劃在凌晨 00:30 分起床，離開酒店到冬宮前的涅瓦河畔，看聖彼得堡的特別節目「午夜斷橋」。

午夜斷橋

午夜斷橋

「午夜斷橋」是到聖彼得堡自由行必看的節目之一。每晚深晚凌晨 01:30，橫跨在涅瓦河上的多條主要大橋就會陸續分開，橋橫樑的中間部分會向上兩邊豎起，挪出一個大開口，讓體形較大的船隻通過。日間這些主要橋樑是連接聖彼得堡城內各島各地的交通通道，十分繁忙，所以較大形的船隻若無法通過橋底時，便要等到深夜凌晨，交通較為疏落時，待橋樑打開「斷橋」才可經過。

晚上凌晨 00:50 分離開酒店時，都有些担心安全，因當晚只有我和外子有興趣看斷橋，其餘團友因怕夜深在街上走動不安全，而這「斷橋」節目，又非 Volga Dream 導遊節目，沒有導遊陪同，但資詢過酒店服務員的意見後，我們就不怕了。事實的，從酒店徒步走到涅瓦河邊，街上較日間靜，但也有人來往，也有多個警察在巡邏。到達河邊，呀！真想像不到，熱鬧非常，是凌晨 01:00 呀！原來這節目真的是到聖彼得堡旅遊餘興節目重點之一。我們找了個可觀看 5 橋齊開的有利位置，其實都不容易，因為有利位置早已有多人站着。

站着，等着，風從河面吹上來，雖是夏日，也覺寒冷異常，我想當時氣溫最多是攝氏 13-14 度吧，我早已聽從酒店服務員的意見，穿上厚衣，但仍要瑟縮在外子臂彎內。所以，如果想看「午夜斷橋」，記著穿厚衣哦！

01:30，河面飄來音樂，兩岸的大型建築物開始亮燈，還有紅，綠，黃多彩雷射燈光助興，一派歡樂嘉年華會氣氛，人羣也開始興奮躍動起來。我們看到第一條徐徐打開的是橫跨冬宮花園和瓦西里島的宮殿橋 Palace Bridge (Дворцовый мост)，它雙臂向上張開，讓久候的輪船經過，船隻在鳴笛歡呼，附近圍觀的人羣也開始歡呼，一片歡樂 party 的景象，有人拍掌，有人放氣球，手機，相機，大

亮了燈的彼得保羅城堡

最後打開的單臂橋

家都拍得不亦樂乎，我剛才的寒氣也頓時被這份興奮暖起來了。約 5 分鐘後，第二條橫跨瓦西里島和彼得格勒區的第二條雙臂橋 交易所橋 Exchange Bridge (Биржевой мост) 也徐徐打開了，又是一陣騷動。又約 5 分鐘後，橫跨彼得格勒區至戰神廣場的三位一體橋 Troitskiy Bridge (Троицкий мост) 的第三條雙臂橋又徐徐打開。遠一點的雙臂橋 Sampsoniyevskiy Most，橫跨在彼得格勒區至列寧廣場的雙臂橋也跟著打開了，之前的興奮，似乎有些減退。最後約 20 分鐘後，在遠處的一條單臂橫跨在列寧廣場和冬宮這邊的橋

Liteynyy Bridge 也豎起向上打開。從冬宮門外，涅瓦河畔環迴可視的 5 條「斷橋」已表演完畢，看看手錶，是凌晨二時多近三時了，要返回酒店休息喇，明天還有導遊節目等着我們呢！

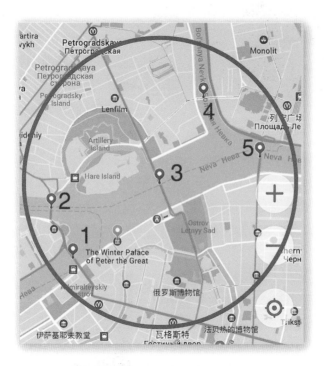

「午夜斷橋」的五條橋位置：

1.	宮殿橋 Palace Bridge
2.	交易所橋 Exchange Bridge
3.	三位一體橋 Troitskiy Bridge
4.	Sampsoniyevskiy Most
5.	Liteynyy Bridge
黃圈	我們觀 [斷橋] 位置

伏爾加河之夢7

今天的 Volga Dream 導遊節目，首先是帶我們車遊一圈聖彼得堡環迴兩島三地的四橋，（請參考 P103 地圖標示的五條橋位置）1. 經宮殿橋 Palace Bridge 到達在瓦西里島的古埃及的人面獅身像，拍個照，跟著旅遊車駛

北極光巡洋艦

過 2. 交易所橋 .Exchange Bridge，在彼得格列島上行駛，經過 4.Sampsoniyevskiy Most 橋時，拍到停在岸邊的北極光巡洋艦 Aurora，跟著經過 3. 三位一體橋 Troitskiy Bridge，再向前行駛不遠，就到達我們今天要參觀的，私人擁有的，法貝熱彩蛋博物館參觀。

法貝熱博物館 Faberge Museum (Музей Фаберже)

這所座落於聖彼得堡 Fontana 河畔，近四馬橋的舒瓦洛夫宮殿是俄羅斯著名的法貝熱彩蛋博物館。到達這博物館，內裏的豪華典雅裝飾，已令人有高貴優雅之感，再在這裏欣賞到精緻，美麗可愛的彩蛋和多樣生活餐具用品收藏，還有不少名畫等，更令人感受到俄羅斯逝去王朝的奢華和品味高的生活。

珠寶首飾工匠彼得‧卡爾‧法貝熱是製造法貝熱彩蛋的始創者。他在

法貝熱彩蛋博物館的前廳樓梯

1885 年，受沙皇亞歷山大三世的委託，要在復活節送給妻子皇后一個別緻的復活蛋。當皇后收到法貝熱制作的復活彩蛋後，驚喜不已，更命他每年都為皇室成員制作復活節彩蛋，自始他便成為專侍皇室的供應商了。

法貝熱彩蛋博物館內的展廳

法貝熱的彩蛋是一種蛋雕藝術，用珍貴的金屬或堅硬的石頭混合琺瑯和寶石來制作和裝飾，有些更以套娃的概念來制作，如當打開彩蛋時，內裏裝置了更精彩的小玩意，如家庭小相簿、小動物、小城堡，小帆船、小花園，甚至是會走動的小馬車、小火車等等，稀奇有趣，巧奪天工，無與論比，簡直令人愛不惜手。

精緻可愛的法貝熱彩蛋

伏爾加河之夢 7

105

　　法貝熱彩蛋博物館要購票入場，也備有專人講解（俄語或英語）每隻彩蛋的主人和背後的故事，如這個以翡翠綠寶石做的小樹葉型彩蛋，樹頂上的樹葉蓋打開時，會有隻小鳥彈出來唱歌，這個精緻的寶石彩蛋，就是沙皇亞歷山大三世在復活節時送給妻子皇后的禮物。導遊娓娓動聽地訴說每個彩蛋背後的歷史故事時，都令人在欣賞這些稀有的珍品之餘，也同時感受到接受饋贈者當時的喜悅。入場票價，RUB450/ 成人；RUB200/ 學生。開放時間 10:00-22:00 週五休息。

　　離開法貝熱彩蛋博物館，到附近的俄式餐廳午飯，是 Volga Dream 包的。飯後去的是沙皇村。

有小鳥彈出來唱歌的翡翠彩蛋近鏡

翡翠綠寶石樹葉型彩蛋

沙皇尼古拉二世的生活用品

翡翠玉石餐盤

沙皇村 Tsarskoe Selo (Царское Село)

沙皇村是繼彼得霍夫宮（夏宮）的另一皇室夏季渡假離宮地點。

沙皇村內有嘉芙蓮宮，有美麗的花園池塘，大文豪普希金的故居別墅，還有所貴族子弟學校紀念館。村內環境幽美恬靜，是皇室們常到渡假的地方，沙皇尼古拉二世末代時期，社會動盪不安，他就曾與家人在此居住避難。門票 RUB120/ 人 + 導覽；學生 RUB60/ 人。

沙皇村內的嘉芙蓮宮

嘉芙蓮宮外貌

嘉芙蓮宮旁的教堂金頂

伏爾加河之夢 7

嘉芙蓮宮 Catherine Palace(Екатерининский дворец)

宮殿內金碧輝煌的裝潢

彼得大帝與妻子嘉芙蓮一世

村內的嘉芙蓮宮是當年彼得大帝為妻子嘉芙蓮一世而建的離宮，後再經大帝之女伊麗莎白一世及孫媳婦嘉芙蓮大帝（嘉芙蓮二世）兩位女沙皇擴建及裝飾，就建成了現時的金碧輝煌，優美精緻的嘉芙蓮宮殿了。在第二次大戰期間，嘉芙蓮宮受到德軍大肆搜掠和破壞，宮內很多珍寶收藏都被搜掠帶回德國去了，宮內著名的琥珀殿牆壁上的琥珀裝飾也被掏空，我們參觀嘉芙蓮宮時，琥珀殿還未修復好，所以沒有開放給人參觀。參觀門票 RUB1000/ 人＋導覽；學生 RUB350/ 人。

畫中顯示了被破壞嚴重的嘉芙蓮宮

大文豪普希金的故居別墅
Memorial'nyy Muzey–Dacha A.s.Pushkina
(Мемориальный Музей-Дача А.С.Пушкина)

村的另一邊有近代俄羅斯愛國詩人大文豪普希金的故居別墅。普希金的曾外祖父是生於喀麥隆的非洲黑人，兒時被販賣到俄國，在彼得大帝的宮廷中作家僕，後獲得沙皇恩寵，成為沙皇的教子，繼而被封為貴族。所以普希金有八分

大文豪普希金雕像

一非洲血統。普希金少時十分聰穎可人，很得亞歷山大一世的歡心，時常邀請他到宮內玩要，長大後亦得到沙皇的提攜，成為聖彼得堡的外交協會秘書。1831 年詩人普希金偕妻曾租住此別墅避暑，後來才移居至聖彼得堡市中心。參觀門票 RUB150/ 人＋導覽；RUB50/ 人。

皇村中學紀念館 Мемориальный Музей-Лицей

村內還有所貴族子弟學校，名為皇村中學紀念館，是當年專為俄羅斯作育英才的學府，大文豪普希金亦曾在此就讀。二戰後，皇村中學經修復後成立紀念館，展出普希金早期作品。

皇村中學紀念館

參觀門票 RUB220/ 人＋導覽；RUB120/ 人。

　　參觀沙皇村，是 Volga Dream 的最後一個導遊行程。黃昏是自由行時段。明天 Volga Dream 就會安排以 VIP 橋車送各團友到機場，結束 13 天的伏爾加河之夢的旅程了。我和外子則會留在原酒店 Kempinsky 多住一晚（房價 HKD1580/ 晚），明天會在聖彼得堡內自由行一天半，在後天的中午，就開始我們另一個自由行旅程——西伯利亞火車之旅了。

門外排了一條小龍隊的俄式甜品食店

回到涅夫斯基大街，我們在其中一條橫街內看到了一間地道的俄式甜品食店。店內的裝飾佈置，簡單實在，看來仍保留著共產黨時期的樸實無華，之前在聖彼得堡參觀的景點，如冬宮，嘉芙蓮宮等，都是奢華輝煌的建築物，現在所見的，又是另一番強烈對比的簡樸。哈！自由行真好，可以從表面的風光，看到更深入的內層。甜品店內擠滿了俄人，門外也排了一條小龍隊。我們進入店內初時，很多奇異的眼光投向我們。不久，他們就很熱誠的幫忙我們叫食物了。一個超甜的俄式都甩加一杯咖啡，只售 RUB130，超平。聖彼得堡與莫斯科的俄人普遍的工資收入是約 RUB70000/ 月（約 USD1000/ 月），已是全國最高工資水平的地方了，其他的地方城市的工資水平，也只有這裏一半的收入。所以到俄羅斯旅行，是一個較高性價比的地方。

西伯利亞火車之旅
Train-siberian Trip

火車遊

從俄羅斯 蒙古國 中國

一. 聖彼得堡 St Petersburg
二. 莫斯科 Moscow
三. 葉卡捷琳堡 Yekaterinburg
四. 新西伯利亞 Novosibirski
五. 伊爾庫茨克 Irkutsk
六. 烏蘭巴托 Ulaanbaatar
七. 北京 Beijing

西伯利亞火車鐵路之旅——
——俄羅斯🚂蒙古🚂中國

葉卡捷琳堡滴血教堂外的
尼古拉二世聖家庭塑像

俄羅斯 新西伯利亞巨人像

蒙古國大草原

北京故宮博物館

第一站 聖彼得堡
(Санкт-Петербург)

☆有我在此，我的城市就一無所懼！☆

7月26日，開始我們在俄羅斯的西伯利亞火車之旅的自由行旅程。我們在酒店吃過早餐，與共處13天的團友拜別後，便徒步走到冬宮大廣場。再在亞歷山大紀念柱拍過照後，便向著聖埃薩大教堂走去。這教堂的開放時間是10:30-22:30(夏季)10:30-18:00(冬季)，逢星期三休息。票價為RUB250/成人，RUB150/學生；觀景台要另外購票RUB150/人。

亞歷山大紀念柱

聖埃薩大教堂

早上在聖埃薩大教堂門口購票入教堂參觀的人龍不少，更有一隊隊的旅行團在排隊進入。我們決定避過這段人潮高峯，便轉移先上觀景台看看後再進入大教堂。

聖埃薩大教堂 St. Isaac's Cathedral (Исаакиевский собор)

聖埃薩大教堂是世界四大教堂之一，也是聖彼得堡最大的教堂，是當時俄羅斯最大的主教座堂，建於 1818–1858 年，歷時 40 年，以彼得大帝的主堡聖人——東正教聖人聖埃薩命名。教堂高 101.5 米，寬近 100 米，中央頂層穹頂的直徑為 25.8 米。整座教堂由 112 根花崗石柱支撐著，以大理石，孔雀石，天青石，班岩及其他貴重金屬裝飾（內外部裝修所用的黃金共有 400 公斤），融合古典和新文藝復興主義及拜占庭風格建築而成，氣勢磅礴華麗，有異於

教堂頂上的鐘樓和天使雕像

教堂頂上眺望涅瓦河

其他東正教教堂風格。蘇聯時期曾因社會鼓吹無神論，教堂曾被廢棄，後改為博物館。現時，教堂左側有教會服務，大廳則作博物館開放。

我們先買票進入教堂頂層的觀景台，在觀景台上，可近距離的看到教堂頂上的鐘樓和天使雕像，也可以眺望涅瓦河，聖埃薩廣場和東南西北方向的聖彼得堡。我們跟著其他遊人，緩緩地向前行，拍拍照，看看聖彼得堡週遭的建設。

教堂內金碧輝煌的壁畫和雕像

教堂內的巨柱和牆身

從觀景台下來，人潮少了，我們從正門走進教堂內部，由青銅大門上的聖經故事，到內部鍍金的聖人雕像，大理石巨柱和牆身，還有無數傑出畫家繪製的壁畫和馬賽克拼砌的聖像圖等等，都顯示出這教堂的宏偉和富麗堂皇。教堂內面積之大，更逾4平方公哩，可容納1.4萬人進行禮拜。

教堂外的聖埃薩廣場，繁花處處，是遊人最好的歇腳點。我們離開聖埃薩教堂，遁著Maps.Me的離線地圖指引，走到彼得大帝的青銅騎士像旁的「參政院廣場」和附近的政府總部。

彼得大帝的青銅騎士像
Bronze Horseman（Медный всадник）

彼得大帝青銅騎士像（圖片取自網頁）

這座彼得大帝青銅騎士像是嘉芙蓮大帝（彼得大帝的外孫媳婦）命人特別鑄造的，她為了証明自己是彼得大帝的繼承人，在 1782 年 8 月 7 日執政 20 週年紀念日時，舉行落成儀式。這個以青銅鑄成的塑像，是彼得大帝騎著駿馬，向著瑞典方向勇往直前；駿馬的兩前腿騰空，後腿踏著大蛇；駿馬代表俄羅斯，大蛇代表瑞典人，這銅像喻意彼得大帝衝破重重困難，在這片本屬瑞典領土的沼澤地上，建立了美麗的聖彼得堡，更建都於此，把落後貧窮的俄羅斯，帶出了海洋，走向歐洲和世界。「青銅騎士」之名，是後期來自普希金著作之一的「青銅騎士」，內容描述彼得大帝的故事而來的。

關於這銅像，曾有段有趣的歷史插曲：在 1812 年衛國戰爭期間，亞歷山大一世曾考慮遷移彼得大帝的騎士像到其它地方以避戰亂，但後因有一少校向亞歷山大一世講述他曾多次在夢境中夢到彼得大帝，大帝向他說「有我在此，我的城市就一無所懼！」最後亞歷山大帝取消遷移計劃。最後，事實證明，這場衛國戰，是漂亮的打贏了。

隱士廬博物館劇場
Hermitage Theater (Эрмитажный театр)

在 1764-1783 年間，嘉芙蓮大帝在冬宮內建造了一所帝皇劇場 Imperial Theater，後在 1783-1787 年間，後人遵從嘉芙蓮大帝的遺志，在原址改建為現時的隱士廬博物館劇場。此劇場每天都會演出精彩的俄羅斯傳統芭蕾舞劇《天鵝湖》。

帝皇劇場舊照

我在香港安排這次旅程時，在網上早已訂了今晚入場觀賞這場代表俄羅斯舞蹈藝術文化的芭蕾舞劇《天鵝湖》，票價是 USD140/ 人，不設劃位。節目表演由 19:00 開始，最好提早入座，選一個好位置，因中國大陸的旅行團也有很多人買票看。我曾問鄰座的中國遊客得知，他們導遊代購票，票價是人民幣 1200/ 人。

劇場的入口，設在冬宮面向涅瓦河畔的一方，臨街的入口處不太顯眼，要問人才找到。進入劇場，是典型的皇室宮殿裝飾，粉紅的花崗岩柱圍著整個小劇場，周邊牆上圍著乳白色大理石雕成的亞波羅神像和繆思女神，美麗的棗紅色布幔上，綴有無數金色的小俄羅斯國徽和一個大大的雙頭鷹國徽，劇場面積不很大，坐位只有 200 個，帝皇時期，是嘉芙蓮大帝和她至親的私人劇場。

棗紅色布幔上的小國徽和大雙頭鷹國徽

紅絲絨坐背的坐椅上配以白木框邊，高貴典雅。舞台前是現場樂隊演奏的地方，跟著有數行平排的坐位，其他的坐位就以弧形包著舞台，場內裏沒有柱樑遮檔，每個角落都可看到表演。

隱士廬博物館劇場

台上精彩的《天鵝湖》芭蕾舞劇

表演開始了，是經典的芭蕾舞劇《天鵝湖》，演員精湛的舞技和美麗的舞衣，把每個觀眾都吸引著。每個小節的過場，都贏得觀眾們雷動的掌聲。男女主角的優美舞姿，更令觀眾讚嘆不已，真的是名不虛傳的國粹啊。

舞劇約在晚上十時結束，我們仍不願離去，剛才的表演，著實令人回味無窮。

離開劇場，沿著河畔漫步踱回酒店，街上行人不太多，是看「斷橋」的時間還未到吧！

劇場入口就在面向涅瓦河臨街的兩壁燈之間

　　轉眼間，在聖彼得堡是第五天了，今天決定感受一下普通市民在聖彼得堡的生活。我們早餐後，在酒店辦理退房手續，把行李箱和背包等寄存在酒店，便輕輕鬆鬆的走到聖彼得堡最繁盛的涅夫斯基大街上逛逛。

涅夫斯基大街 Nevsky Prospekt (Невский проспект)

　　涅夫斯基大街是東西橫貫於聖彼得堡市中心的主幹路，由彼得大帝設計，路面寬闊平坦，除是市內交通運輸要道外，更是聖彼得堡通往莫斯科方向的要道。在大街兩旁沿路有多個聖彼得堡著名的景點，如喀山大教堂，第 56 號涅夫斯基大街耶立謝耶夫超級市場大樓，嘉芙蓮大帝雕像，四馬橋等等。在涅夫斯基大街西面近涅瓦河畔一帶，如冬宮 (隱士廬博物館)，十二月廣場上的彼得大帝青銅騎士像等等，更是遊客必到之地。

涅夫斯基大街

無軌電車內

　　我們選擇乘坐市內的無軌電車 (公共交通工具如巴士，有軌電車和無軌電車等，單程票價都是 RUB40/人，約 USD0.6/ 人)，輕鬆平價遊這條大街，更可近距離接觸聖彼得堡內的市民。聖彼得堡市內的無軌電車潔淨寬敞，我

們乘搭時是早上十時許，不
是上班上學繁忙時段，所以
十分舒適享受。我們在巴士
開往革命廣場 Ploshchad
Vosstaniya 城市方尖碑附
近 的 Moskovskiy Vokzal
（Московский вокзал）莫斯
科火車總站後，便下車逛逛，

在我後方的是城市方尖碑

也順道了解一下今天午後，將會在這火車總站乘搭火車到莫斯科時的
站內狀況。火車站寬敞廣潤，人流多但很有秩序，要安檢才可進入，
站內有著現代化的液晶顯示屏，清楚的顯示出火車班次時間資料和月
台地點，我們只要在班車開行前提早 30 分鐘到達便可。

　　火車總站 Московский вокзал 內有地鐵站相連接，我們在那裏
逛了一圈，便走到火車總站斜對面的革命廣場地鐵站，乘坐地鐵回酒
店附近的涅夫斯基大街去，順便也遊遊聖彼得堡城內著名的地鐵車站。

聖彼得堡城內的地鐵站

　　聖彼得堡城內的地鐵系
統，在 1955 年開始運
作，地鐵站內的設計和
內部的裝飾，雖不及
莫斯科的華麗輝煌，
但也十分精彩美觀。
我們進入革命廣場地
鐵站，要購買地鐵代幣
入閘乘車（單程 RUB45/
人），與票務員溝通，雞同鴨

身旁的女仕正幫忙在地鐵站內購買代幣

講，還好，得到一位懂英文的女仕幫忙，她熱誠友善的態度，令人感動。

聖彼得堡城內的地鐵站月台是出了名的深入地下層，我們進閘後，從地面乘扶手電梯直落到月台層面時的計算時間是整整的 7 分鐘。月台設在地底深層，據說是冷戰時期蘇聯的共黨領袖赫魯曉夫（他曾是建築師）的設計傑作，為的是要逃避外敵空投炸彈，地鐵站月台內可作防空洞之用。嘿！他真沒想到，相隔不到半世紀，新武器鑽地彈的發明，已使這深入地下層防空洞防護作用，已無用武之地了，人類真可悲！新式武器發展的催毀力，已令人類避無可避了。

長長的扶手電梯直落到月台層

整潔寬敞的地鐵車廂

聖彼得堡的地鐵站月台層

革命廣場地鐵站 Ploshchad Vosstaniya （Площадь Восстания）

革命廣場地鐵站內的裝飾，以棗紅色的花崗岩石為拱門的牆腳，站內牆上刻有多個充滿蘇聯風格的浮雕。拱門的高度較矮，但也頗寬闊。我們從革命廣場地鐵站坐紅線到達普希金站 Pushkinskaya

在地鐵站內的普希金雕像

（Пушкинская）。在月台層的等待區，看到大詩人普希金的大理石雕像，坐在站內栩栩如生，像前還看到一束青青的花草，想必是仰慕者的心意吧。拍了照便匆匆忙忙的在下一個理工學院站 Tekhnologicheskiy Institut（Технологический Институт）轉乘藍線，兩個站後到達涅瓦大街站 Nevsky Prospekt（Невский проспект）趕回酒店了。涅瓦大街站也是一個大站，內有代表蘇聯時代的列寧像。

有人說聖彼得堡的市民很高傲，但在這幾天的接觸中，我卻感到他們大部分都是十分友善和熱誠，我們不懂俄語，懂少少英文的市民都會盡量給與幫助，不懂英語者，也會盡量找人給我們幫忙。聖彼得堡旅遊區的扒手很多，但搶匪則不覺有，因俄國人的自尊心很高，在街上看見衣衫襤褸像是乞丐的人，你給他食物零錢，他都不會要，所以我想搶匪之流，他們是不屑為之的。（在僻靜角落又另當別論）

下午二時許，我們從酒店拿回行李背包，坐早已訂好的酒店 VIP 私家車到火車站，VIP 車單程收費 RUB700。下午三時許，我們會在此火車站乘坐特快火車到莫斯科，開始從聖彼得堡起到北京止的西伯利亞火車旅程自由行了。

到莫斯科的特快火車

從聖彼得堡坐特快火車到第二站的莫斯科，需時 3 小時 43 分，票價 USD98/ 人，已包送票服務費，如直接到聖彼得堡火車站現場購票，票價平很多，我們的票價是本地人的 2 倍，本地人價格 RUB3000/ 人，約 USD46，不過外國人不易購買，因很多時想乘坐的火車時段都已客滿，除非你會在聖彼得堡住上一段長時間，否則都不易成事，因他們的火車票都是在三個月前預售的。

在俄羅斯乘搭跨地區火車，是要對應個人護照資料上車的。火車到達莫斯科是當日黃昏 18:59。我們坐的士到達近紅場附近的阿薩姆布勒亞尼可茲卡亞酒店 Assambleya Niktskaya Hotel 登記入住（當地 4 星級，房價連稅 HKD810/ 晚），

充滿俄羅斯風情的 Assambleya Niktskaya Hotel 酒店休息間

之後便在附近的餐廳晚膳，價錢合理，雞肉套餐，餐價 RUB800/ 人。

第二站 莫斯科
Moscow (Москва)

☆當中國人忙於對抗外敵瓜分時，隔鄰的國家已在太空漫遊了☆

莫斯科太空紀念館 Memorial Museum of Cosmonautics (Музей космонавтики)

莫斯科太空紀念館位於莫斯科城北，乘地鐵至 VDNKh (ВДНХ) 站出，便可看到一座建築物和一個有 107 米高的宏偉鈦金屬火箭雕像，如一飛沖天的火箭，向著天空沖上去。這火箭雕像紀念碑是在 1964 年豎立，以紀念人類征服太空和成功開展星球大戰的探索旅程。雕像下的建築物就是在 1981 年開幕，紀念俄羅斯首位太空人加加林 Yuri Gagarin (Юрию Гагарину) 為人類首次登上太空二十週年而建的博物館。館內展出了蘇聯時期，曾創出了多項世界之首，如首個人造衛星，首位太空人加加林的圖片和銅像，首次成功返回地球的太空狗等等，讓我們知道更多有關當年蘇聯在世界太空發展的進程，和走在太空拓展領域前端的歷史。

莫斯科太空紀念館

太空館內收藏了過萬件當年蘇聯由 20 世紀 30 年代開始發展的太空探索物件，包括人造衛星、太空船、太空衣、太空食物、太空零件、太空狗、太空武器等等，還有 3 萬多幅太空歷史的圖片，令人驚嘆當年中國人民還在抵抗

太空紀念館內

外敵入侵，對世界一知半解，自覺要醒悟時，隔鄰的國家已在探索太空領域的奧秘了。

門票 RUB200/ 人，拍照另加 RUB230，錄影 RUB/230，開放時間由 10:00-19:00；星期四、六則由 10:00-21:00。

離開莫斯科太空紀念館後，徒步行約十分鐘，就是蘇聯時期全俄聯邦博覽會中心。

紀念館內的太空展品

全俄博覽中心 All Russia exhibition center
(Выставка достижений народного хозяйства)

在 1939 年開幕的全俄博覽中心，是蘇聯時代最早最大的聯邦博覽會場所中心，佔地達 207 萬平方米的公園內有 250 多個不同地方的聯邦國家建築物。

全俄博覽中心入口處的凱旋門

凱旋門上的雕像

博覽會中心的大門入口處，是以凱旋門形式建造，但門上的雕像則以一男工人和一女農民，男雙手女單手的高舉著麥穗的典型蘇聯時期風格為主的造型，並排站在凱旋門大門中間進口的門頂上。最初的展覽館是季節性的展覽，把最好最新的產品集中起來舉辦觀摩會，然後運往各地。後來蘇聯解體後，就成了現時的集科學，知識和休閒於一體的旅遊勝地了。

進入大門後，是一個大花圃，花圃的兩邊有兩條大道，大道旁有紀念品商店和餐廳，走過商店和餐廳後，就是美麗的花圃和樹林了，第一號主展館 House of People of Russia 在大花圃後，是一幢史太林式的建築物，約有 100 米高，門外有列寧紀念碑，主場館很有氣派。我們坐在大門進口旁的餐廳椅上，享受了一個豐富的午餐後，便開始沿著大道進入會場中心。

大道旁的花圃樹林和主場館

繞過主場館，是一個大圓型噴水池，叫民族友誼噴水池 Peoples' Friendship Fountain（Фонтан "Дружба народов"），水池設計金碧輝煌，中間是個金光燦

民族友誼噴水池

爛的大麥穗，圍繞著麥穗有無數的噴泉，有大有小，有高有低，聲勢浩大，噴泉外站立著蘇聯時期各族婦女的金色雕像，各人手持農作物收成，代表了蘇聯時代 15 個加盟共和國各民族人民的團結和友誼。

像中細亞細地區建築的電子交通館

過了友誼噴水池，是一大片花圃和兩旁不同主體展館的特色建築物，如文化館、農業館、交通館、電腦館、貿易館等等。有部份的展覽館已關閉，有部分則在裝修中。我們走進其中的文化館內參觀，發覺館內的展覽品，已有很多是現代的俄羅斯藝術作品；在電腦館內，更是展出現時最新的電腦科技展品，與過去以農業為主題的展覽，已隨著時代而改變了。

走過花圃後又是一大長方型的石花噴水池 Stone Flower Fountain（Каменный цветок），水池邊有鮮花，水果和農作物的雕塑，還有坐滿曬太陽的人士。莫斯科有陽光的日子不多，很多俄羅斯人都會把握這段美好時光曬曬太陽，

在我身後是坐在水池旁享受日光浴的俄國美女

我們還看到不少俄國美女穿著三點式泳衣在這裏享受日光浴呢！

現在的展覽中心除以上介紹的展覽廳，花圃和噴水池外，還有直升飛機、火箭和內裏有小型遊樂室的民航客機等。

展覽中心內直升飛機

遊罷展覽中心，我們走回太空紀念館附近的 VDNKh (ВДНХ) 地鐵站，乘坐地鐵到市中心的去，觀看今晚已訂了票的俄羅斯尼庫林大馬戲團表演呢。

VDNKh 地鐵月台內的裝飾

莫斯科的地鐵站，真的是不容錯過的觀光點。除了之前介紹的基輔地鐵站外，其餘的地鐵站內的佈置和裝飾，都各具特色，它們只有一個共通點，就是地鐵站內的月台，都是深深的建在地底下。

乘長長的扶手電梯到地下月台

Trubnaya 地鐵月台內的裝飾

Trubnaya 地鐵站外的陣亡士兵紀念碑

西伯利亞火車之旅二

在市中心的 Trubnaya（Трубная）地鐵站下車，出了地鐵站後步行 2-3 分鐘，就是尼庫林馬戲團的場地了。馬戲團的門外站滿了看馬戲的人，多是一家大小，但遊客也不少。門外的老爺車、小丑銅像等，都是遊客和小孩子的拍攝熱點。

尼庫林馬戲團 Moskovskiy Tsirk Nikulina Circus（Московский цирк Никулина）

俄羅斯著名的文藝節目，除了芭蕾舞、歌劇、還有馬戲團。莫斯科有兩個著名的馬戲團，一是在較遠近郊區的莫斯科大馬戲團，一是位於市中心內的尼庫林馬戲團。我們選擇了歷史最悠久又位於市中心 Tsvetnoy Boulevard 的尼庫林馬戲團。它成立於 1880。規模雖較小，但勝在地點方便和懷舊。我們是再次回到莫斯科時才決定看的，所以要購買好的位置觀看，就要請酒店代勞了，雖然稍為貴了一點，但不用自己花時間去購票，又可買到很好的位置，是前排的第三行，我們兩人共付了 RUB5000。馬戲團的票價是會因位置不同而有別，所以買票前要表示清楚你想坐的位置，才可知是否物有所值。

我們進入馬戲團的售票處和等候廳時，有種回到二十世紀初時的感覺，柱上的宣傳海報都是手繪製作，復古味很濃。

129

表演馬戲的場內是個標準的圓形舞台佈置，坐位則圍著圓形舞台設計，每個角落都可看到表演，與我兒時看馬戲表演時的感覺差不多，但場內比想像中大，原來俄羅斯人很喜歡看馬戲的，所以是夜坐無虛席。

馬戲團表演中偷拍的照片

在表演中途是不准拍攝的，表演項目都是傳統的空中飛人、跳彈板、獅子、老虎、各種動物和小丑表演等，各表演藝人都盡量使出混身解數，使觀眾盡可享受當晚的節目。場內不時爆出歡笑聲，讚歎聲，又或雷動的鼓掌聲。當晚的表演雖不及廣州長隆馬戲團的現代化和有激光和電子舞台設計的配搭，但勝在傳統，給我們有回到兒時的感覺。

馬戲在九時多完場，雖然很多觀眾都不願離開，畢竟是曲終人散，我們走出場所，外面已是黑夜，週圍的螢光燈光管也照亮起來了。回想十多天前，我們剛到莫斯科時，晚上十一時，天仍是光光的，太陽與人們都沒有一點睡意，現只

散場時人山人海

相隔 14 天（今天是 7 月 28 日），太陽就倦倦的提早休息了（天色已昏暗），所以如想感受《白夜俄羅斯》，就不要在 7 月下旬以後才來！

坐地鐵返回酒店，出了地鐵站就是紅場附近。呀！亮了燈的紅場，美艷非凡。我們忘記了疲倦，忍不住走到紅場逛逛，拍拍照留念。此時的紅場，一點都不寧靜，很多情侶，遊客，夜歸人都聚於紅場內，用視覺享受濃裝艷抹下的歷史博物館，克里姆林官，聖瓦西里大教堂，Gum 百貨公司等等的建築物，看它們亮燈後，就好像穿了晚裝的高貴女仕們在爭妍鬥麗的媲美。倦了，是回酒店休息的時候了。徒步走回酒店的途中，人流不多但安全。

紅場夜景

莫斯科街頭

熱心幫忙的俄國人

我們去旅行，很多時都會把握每一天，看盡每個地方的景點和特色，今天早上起來，很想以另一個角度感受莫斯科人的平常生活。我們早餐後，走到酒店附近的街頭閒逛，感受一下莫斯科居民的生活氣息。坐在栽滿鮮花的街道旁，看看在街上行走的人們，與在香港人的急趕步伐相比，他們是港人的三分之一，衣著潮流的追趕是遲了十年，面上歡容與港人相比，較為「酷」的。莫斯科人是出名的「酷」，不過，我在莫斯科與他們多天的接觸後，我感覺俄國人外冷內熱，性情爽直，相處下是很熱情可親的。

俄羅斯人愛花，你看滿街滿巷：在花圃中，在欄杆內，在紀念碑前，就知道了。他們送禮也送花，不過請送單數，因俄羅斯人悼念死者時才送雙數花的。

今天的午餐，是到普希金咖啡飯館用膳。這次到莫斯科，到普希金咖啡飯館午膳是計劃行程的一項。我們是請酒店服務員幫忙的，訂了今天的午膳。其實是可以預先在網上訂位（https://cafe-pushkin.ru/en/contact-details/），但因怕行程安排太刻板，不夠靈活性，所以還是到酒店安頓後才安排。

西伯利亞火車之旅 三

普希金咖啡飯館 Cafe Pushkin (Кафе Пушкинъ)

普希金咖啡飯館的知名度來自於十九世紀時，俄國大詩人普希金曾在這間咖啡館內，喝完最後一杯咖啡，便拿著手搶與情敵決鬥，最後死於情敵的快槍之下。普希金的妻子娜塔莉亞·岡察洛娃是個絕色美人，婚後仍被法國軍官喬治·丹特斯瘋狂追求，普希金在忍無可忍下決定與他決鬥，但不幸中槍，兩日後就身亡了。當時俄國的文化界曾難過的說：「俄羅斯的詩歌太陽殞落了！」

普希金咖啡飯館門外

普希金咖啡飯館位于特維爾林蔭道 Tverskaya Street 一側，特維爾地鐵站 Tverskaya (Тверская) 出口，有普希金的方向指示。上了地面，普希金咖啡飯館就在普希金雕像 Pamyatnik A.s. Pushkinu (Памятник А.С. Пушкину) 附近。咖啡飯館是一幢有 200 多年歷史的獨棟俄式宅邸，內部裝飾有著復古的歐洲和俄羅斯混合體的佈置，充滿著當年俄國貴族情懷的氣氛。室內的佈置仍保留著當年普希金年代，地面餐廳的酒吧台上仍放著藥店用的天秤、

普希金雕像

普希金咖啡飯館內

133

像圖書館的二樓餐廳

古老的望遠鏡、顯微鏡、十九世紀時的電話等。酒吧台後裝飾成取藥抽櫃。圖書館在二樓餐廳，環境古雅清靜，用餐者如置身於充滿文化氣息的古書之中。溫室是靠近街旁的玻璃房，咖啡飯館內有個拉鐵閘的雕花古老電梯，從地窖層衣帽間送客升到地面或二樓高層，地窖層是衣帽間和洗手間，佈置得懷舊如古堡，暗暗的，有回到十九世紀的感覺。

咖啡飯館內有俄國菜和法國菜供應，是當年俄羅斯上流社會中最盛行的法國和俄國咖啡飯館的混合體。侍者們都穿上正統侍應禮服，擺餐也很講究精緻，如晚上到來吃飯，還要穿上正裝和小禮服呢。我們問侍者要了午餐套餐餐牌，餐牌的形

兩排三粒可轉動的小木方塊餐牌

狀很特別，由兩排三粒可轉動的五邊形小木方塊串成，小木方塊上嵌有刻了英文和俄文兩種字體的金屬片，顯示了當日的前菜，主菜和甜品，侍者說，這些小木方塊餐牌也是仿效當年餐牌設計。這些小木方塊午餐套餐是要向侍者索取的，否則侍者是不會主動送上。午餐套餐價格是全飯店內最便宜，由 RUB600-1000，有二道至三道菜選擇。主菜的份量很大，只點二道菜也可以了。其他菜式飲品，價格就貴多了，我們用餐時叫了一瓶蒸餾水，收費 RUB900，相等於一個午飯套餐，我們問侍應為何這樣貴，他說這瓶蒸餾水是從法國運到的，所以很貴！

午餐後乘地鐵到麻雀山的莫斯科國立大學逛逛，看看著名的莫斯科大學和莫斯科新一代的面孔。

莫斯科國立大學（莫大）Moscow State University
(Московский государственный университет имени
М.В.Ломоносова)

莫斯科國立大學是蘇聯時期蘇維埃聯邦國家內最大，歷史最悠久的綜合性高等學府，始建立於 1755 年 1 月 25 日，由女沙皇伊麗莎白‧彼得羅芙娜下令建立，現在這天就是俄國的大學生節。

莫斯科國立大學

初時大學設立在紅場旁邊的中心藥店，後來嘉芙蓮大帝將它遷到 Mokhovaya 街另一側的新古典建築中。二次世界大戰後，史太林下令莫斯科市中心周圍建造七幢蘇維埃式的巨型高樓大廈，俗稱莫斯科七姐妹。莫斯科大學主樓就在 1953 年遷往七姐妹中最大，位於麻雀山（列寧山）的一幢。當時莫大是歐洲最高的建築物，它的中心塔高 240 米，有 36 層，周圍有四個翼，有 5000 多間房間，聽說走廊共長有 33000 米。據說頂部的紅星內還有一間小屋和一個展望台呢。

莫大建築物頂部的紅星

莫大建築物上的鐘

莫大建築物的表面有鍾、氣壓表、溫度計等巨大裝置，還有很多雕像和鎌刀錘子的蘇維埃式徽章。主樓的前面有個大花園，花園內有著名俄羅斯學者的塑像和水池，其中莫大創始人羅蒙諾索夫的雕像就佇立在主樓正前方和圖書館之間。圖書館是要通過一條行人隧道才到達的，它就建在莫大主樓的正前方，建築師特地將它設計成俄羅斯軍人帽子的形狀。

莫大創始人羅蒙諾索夫的雕像

像俄羅斯軍帽的圖書館

前往莫大，可乘地鐵到大學站下車，再坐大學內的專車到主樓附近下車便可。進入莫斯科國立大學主樓和圖書館是要有學生証或教職員証，所以我們只能在大學城內拍拍照，走走看看。碰到的大學生除本土的俄羅斯學生外，還有來自中國大陸和台灣的，但來自歐美的則不多。年青的學生們看來清純有朝氣，我們就在路旁向一個美麗的俄國少女問路，她以有限的英語與我們溝通，熱誠友善，是乖乖女一族。莫斯科國立大學在國內排第一位，全球排名則在 100 名之內。

離開莫斯科國立大學，是黃昏時段，距離上火車的時間還有幾小時，我們再到紅場逛逛，也在 Gum 百貨公司內的餐廳吃晚餐。之後才悠閒的踱回酒店取行李，乘坐地鐵到 Komsomol' skaya (Комсомольская) 地鐵站。出了地鐵站是列寧火車站 Leningradsky Railway Station (Ленинградский вокзал)，雅羅斯拉夫爾火車站 Yaroslavsky Railway Station (Ярославский вокзал) 就在旁邊，我們今晚會在雅羅斯拉夫爾火車站

路旁向一個美麗的俄國少女問路

Komsomol' skaya 地鐵站內的壁畫

Yaroslavsky Railway Station 乘坐 7 月 30 日凌晨 00:35 開出的夜間臥鋪火車 100EH 班到葉卡捷琳堡 Yekaterinburg。全程 32 小時 41 分鐘，到達目的地是 7 月 31 日當地的早上 11:06。(葉卡捷琳堡的時間比莫斯科早 3 小時，因莫斯科提早了 1 小時的夏令時間)

西伯利亞鐵路
Trans-Siberian Railway
(Transsibirskaya)
☆橫跨歐亞兩大洲的陸上鐵路運輸工具☆

西伯利亞鐵路網絡（圖片取自網頁）

西伯利亞鐵路是 1891-1916 年間，由俄國沙皇亞歷山大三世至尼古拉二世期間，委託俄國政府監督興建而成，為的是要減低依賴河流和道路運輸在寒冷天氣時，河道和道路結冰時所產生的困難。火車鐵路連接莫斯科和俄羅斯遠東地區的鐵路網絡。莫斯科至最遠的東部城市海參崴，全長 9289 公哩，是世上最長的鐵路線。這條鐵路線的東部途中可與蒙古國，中國和北韓的鐵路網交接，不過在進入中國境內的鐵路時，因軌道的寬距不同（俄蒙兩國採用寬軌距 152.0 公分，中國鐵路採用標準軌距 143.5cm 公分），所以火車需要換車輪才可進入中國境內。

西伯利亞鐵路的主幹線始於莫斯科的雅羅斯拉夫爾火車站 Yaroslavl Railway Station (Ярославский вокзал)，通過雅羅斯拉夫爾 Yaroslavl (Ярославль)，葉卡薩琳堡 Yekaterinburg (Екатеринбург)，鄂木斯克 Omsk (Омск)，新西伯利亞 Novosibirsk

(Новосибирск)，伊爾庫茨克 Irkutsk (Иркутск)，克拉斯諾亞爾斯克 Krasnoyarsk (Красноярск)，烏蘭烏德 Ulan-Ude (Улан-Удэ)，赤塔 Chita (Чита) 和伯力 (Хабаровск) 等，最後到達海參崴 Vladivostok (Владивосток)。

第二條路線則由赤塔以東的塔斯克 Khrebet Taskyl (Хребет Таскыл) 通過滿洲鐵路前往東南，經中國東北三省的哈爾濱 Harbin 和牡丹江 Mudanjiang，並在海參崴以北的雙城子滙入主線。

第三條路線是蒙古縱貫鐵路，也就是我今次西伯利亞火車之旅的行程，鐵路線在俄羅斯的伊爾庫茨克的貝加爾湖 Baikal Lake (Байкал) 東岸的烏蘭烏德分支，向南行駛到達蒙古國的烏蘭巴托 (Ulaanbaatar)，再向東南前往中國的北京 (Beijing)。

從莫斯科到北京的鐵路行程，如果不停站遊玩，全程要 7 天。

我們這次的旅程，從莫斯科到葉卡捷琳堡途中住了 2 晚火車，停留在葉卡捷琳堡住 2 晚，再在火車上住 1 晚後，又在新西伯利亞停留 1 晚，之後在火車再住 2 晚後，停在伊爾庫茨克住 1 晚，從伊爾庫茨克坐小巴到到貝加爾湖住 2 晚後，再回伊爾庫茨克後停留 1 晚，跟著在火車上住 2 晚後

曾飛馳於昔日西伯利亞鐵路上的蒸氣火車

到達蒙古國的烏蘭巴托，在那裡停留 6 晚後，再坐上蒙古國到中國的列車 1 晚，最後在中國首都北京住 3 晚後才飛回香港。

我們從莫斯科坐上 100EH 班車時，已是凌晨時分，安頓好行裝後就上床就寢了。

早上起來，火車已在鐵路上飛馳數百哩之遙了，望出窗外，看到小小的民房、樹木和偶爾一兩所不太大型的建設，想必已離開莫斯科很遠了。再回望火車車廂內，是個二等車廂的臥鋪車間，有門可以上鎖，與中國大陸的軟臥車廂相

火車途中窗外的民房

似，安放了上下共四張床，下格床較上格床稍寬，票價也貴些，有清潔的床單，被套和枕袋更換。我們睡在下格床上（車票價是 USD122/人），上格床暫沒有人佔用（車票價 USD99）整個車廂內暫只有我和外子二人。車廂外是條長長的走廊，走廊上舖了也算乾淨的地氈，走廊旁的大玻璃窗旁有張可放下的摺椅，坐在那裡，可以觀看火車行駛時飛快向後移動的樹木和燈柱。車廂的盡頭，有個茶水間，可沖食即食麵，有個只供這車卡乘客專用的廁所，因乘務員時常清潔，所以也頗潔淨。這裡的火車車廂沒有河船房間內專用的洗手間，沒有遊河的安閒舒適，沒有專人安排活動，沒有招待人員視你如貴賓的優越感。這裏，有的是火車的速度，是回到年青時背著背包去旅行的輕快感。

月台上的小販

火車在中途停了二個車站，我們走出車廂，在月台上走走動動，鬆鬆

腿，也買點小零食。在第二個停站的時候，我們車廂多了個壯年的俄國男子，嘗試與他聊天，哈！原來是曾在香港工作兩年的年青才俊，一口流利的英語，他對香港念念不忘，特別是香港人不分日夜搏殺的工作態度，令他佩服之餘又怕怕。

與俄羅斯乘客雞同鴨講的交談

西伯利亞火車之旅二

　　談談天，看看車窗外風景，與車卡內其他的乘客雞同鴨講但又似懂非懂的聊聊天，很快的，又到黃昏了。吃了輕便的晚餐後不久，晚幕低垂，晚上九時，7月尾的俄羅斯白日，似乎提早休息了（天色昏暗）。車卡內的乘客開始排隊到唯一的洗手間梳洗，準備上床休息。明天，我們將會到達充滿哀傷悲情的末代沙皇尼古拉二世全家被殺之地——葉卡捷琳堡，也是俄羅斯第一屆民選總統葉利欽的故鄉。

伊塞特河壩區暗暗的街燈

第三站 葉卡捷琳堡
Yekaterinburg (Екатеринбург)

☆人類（甚至是戰場上的士兵們）都厭倦戰爭！☆

從葉卡捷琳堡的火車站到格蘭德大道烏斯塔酒店－葉卡捷琳堡 Grand Avenue by Usta Hotels(3星級，HKD668/晚，連早餐)，的士車費 RUB700，到達酒店時，還未可入住，把行李寄放在酒店內，便在酒店附近走走，看看葉卡捷琳堡市中心的景象。

葉卡捷琳堡給我的第一印象是每晚在電視機旁看天氣報告《瞬間看地球》時，顯示在熒幕上俄羅斯的伊塞特河壩區暗暗的街燈。葉卡捷琳堡其實是俄羅斯第四大城市，在莫斯科，聖彼得堡和西伯利亞之後。也是俄羅斯歷來的重要交通樞紐、工業基地和科教中心，它又叫「烏拉之都」，因其位於烏拉山脈東麓，伊塞特河由西北向東南穿城而過，是俄羅斯烏拉聯邦區中心城市，斯維爾德洛夫斯克州首府，現為俄羅斯中央軍區司令所在地。

葉卡捷琳堡始建於1723年，以葉卡捷琳（即彼得大帝之妻嘉芙蓮一世）為名。1918年末代沙皇尼古拉二世一家在此被殺害，羅曼諾夫王朝終結。2018年世界盃的四場分組賽在這裡的中央體育場舉行。

行人商業街

列寧大街上的列寧雕像

　　葉卡捷琳堡市內有很多值得遊玩的景點，歷史建築物，行人商業街，街頭無數歷史人物的雕像等。

黑鬱金香戰爭紀念碑 Black Tulip War Memorial (Черный тюльпан)

黑鬱金香戰爭紀念碑

紀念碑前疲乏不堪的荷搶戰士

　　黑鬱金香戰爭紀念碑是紀念俄羅斯在 1979-1989 年間的阿富漢和車臣戰役中死去的戰士的紀念碑。它以十條紀念柱設計如鬱金香的花瓣，圍立在一個疲乏不堪的荷搶戰士身旁，設計者的設計意念，是想導出人類（甚至是戰場上的士兵們）都厭倦戰爭吧！死去戰士們的名字都刻在每條直立花瓣形的紀念碑柱上。這個紀念碑，是在捐軀戰士們的遺體，從戰地空運回國後佇立而命名的，既悲壯又令人深思。

　　紀念碑旁有很多鮮花和紀念花圈，好像每天都有人在這裏獻花，俄羅斯人對死去戰士們的尊敬，由此可見一斑。

滴血教堂 Church on the Blood (Храм-на-Крови)

滴血教堂的原址是伊帕提夫之屋，是末代沙皇尼古拉二世和他的一家被軟禁的地方。「十月革命」後，列寧因怕羅曼諾夫王朝復興，命布爾斯維奇 Bolsheviks 黨員在此屋將整個王朝家族處死，包括尼古拉二世夫婦和他們五名子女，更將他們的屍體分別拋到郊外樹林。後又怕有人找到他們遺體後會引發起政治爭拗，於是以醋酸淋向屍體後更燒屍，以圖毀屍滅跡，將所有羅曼諾夫王朝和有可能承繼沙

滴血教堂 Church on the Blood

皇地位的人，都在人間蒸發。蘇聯解體後，在 2003 年，此屋拆卸重建為現時的滴血教堂。曾有過一段傳聞謂，末代沙皇的其中一個女兒安娜塔西亞，逃出魔掌，留落民間，迪士尼動畫《真假公主》就是以此為故事藍本。但後來在 2009 年，俄羅斯政府在郊外棄屍地點 60 公尺外的樹林，發現了二具燒焦的屍體，DNA 鑑証下確認是王子和公主安娜塔西亞，悲慘的事實令童話故事幻滅了。

末代沙皇尼古拉二世夫婦的雕像

俄羅斯人其實很念舊，也很傳統，其中有不少國民對羅曼諾夫王朝仍有懷念，我們在滴血教堂內看到的和感受到的也是如此。死去的末代沙皇尼古拉二世和他的妻子兒女，已被封為聖，放在教堂內被人敬拜，去拜膜他們的本地人士也不少呢。

教堂內暗暗的，但週圍配上了傳統金框的裝飾，除了沙皇和家族的畫像外，還有當年的家具，用品和紀念品等。

滴血教堂的馬路對面，有個Kharitonovskiy 花園，是末代沙皇一家人未被殺害前常到散步之地。公園內繁花處處，鳥語花香，還有一個大池塘和小山崗，也是值得一遊的景點。

滴血教堂內

西伯利亞火車之旅三

葉卡捷琳堡國家歌劇和芭蕾舞劇院 Yekaterinburg State Academic Opera and Ballet Theatre (Екатеринбургский государственный академический театр оперы и балета)

葉卡捷琳堡國家歌劇和芭蕾舞劇院

葉卡捷琳堡國家歌劇和芭蕾舞劇院，是所享有盛名的歌舞劇院之一。它內裏巴洛克式的奢華裝飾，和俄羅斯著名歌舞表演的魅力，可與莫斯科和聖彼得堡城內的大劇院相比，但票價則便宜得多。我們在莫斯科沒有買票到大劇院內欣賞芭蕾舞，就是想在這裡，希望以平價購票看俄羅斯的超卓芭蕾舞表演，但可惜的是「白日俄羅斯」完了之後，即約在 7 月 28 日以後的日子，所有芭蕾舞劇團和歌舞劇團的表演者，都會休息一個月，之後就會安排出國表演或排練，所以你如想到俄羅斯欣賞平價芭蕾舞，別安排在 7 月尾的時間，因你會錯過很多欣賞精彩節目表演的機會。

城市池塘 City Ponds

　　城市池塘在當地人叫水庫，又叫街心湖泊，是一個由伊塞特河流 Iset River (река Исéть) 拓展而成的人工水庫（城市池塘），沿著這城市池塘週邊有很多城市建設，如基本活動綜合館 Bazovy Sport Complex (Спортивный комплекс «Уктус») 等。

伊塞特河壩區 Iset River Dam，Plotinka，(Плотинка)

伊塞特河壩休閒區內的大書和涼亭

伊塞特河壩區是城市池塘的一部份，也是葉卡捷琳堡的城市中心點，它是城內最古老的建築物。建造於 1723 年，見証了俄羅斯不同時代的歷史事蹟。河壩長 209 米，寬 42.5 米，高 6.5 米，河壩的中心段是水力發電廠。河壩將城市池塘的人工水庫折流，繼而將旋轉而下的水流推動發電機組，產生電力，供應隣近的工廠和民用電能。在 2008 年，河壩的兩旁伊塞特河畔側安置了兩座雕刻精緻的青銅涼亭，使這裡發展成為一繁忙都市中美麗浪漫的休閒區。我們坐在河壩上，看著這裏的人拍照，坐艇遊湖，

晚上坐遊艇遊湖

玩耍，或沿著河邊漫步，享受一個悠閒的下午或黃昏，將一天的疲勞釋放。週末的晚上，有不少街頭藝人，音樂家在這裏表演音樂，玩雜技，熱鬧非常。河壩區的另一邊街心，佇立著葉卡捷琳堡河壩建造者的紀念碑，紀念碑上佇立著兩位 1723 年來此建城的歷史家 Vasily Tatishchev 和工程師 George Wilhelm de Gennin。

01/08/2016

建城的歷史家和工程師

歷史廣場公園 Istoricheskiy Skver (Исторический сквер)

歷史廣場圖中柱體是水力發電廠

歷史廣場公園在伊塞特河壩區的下游地區，廣場公園中間流動著人工改造的伊塞特河，兩旁有著美麗的花圃和青蔥的草坪建設。公園內有自然博物館 Prirody Muzey，建築和設計史博物館 Architecture and Builiding Muzey 和葉卡捷琳堡美術館 Yekaterinburg Art Muzey 等，還有不少美食餐廳服務遊人。在花圃草坪的後方，隱約還看到部分未拆卸的舊工場，想必以前是工廠區吧，現在要發展成旅遊休閒區，部分的工廠要遷移至其他的地區了。在此歷史廣場逛逛，歇歇腳，拍拍照，也算是個好地方。

有段小插曲，也可讓大家了解一點葉卡捷琳堡的冶安環境：我們在廣場公園附近的餐廳午餐後，坐到公園內林蔭小溪旁的樹幹上，聽着鳥兒歌唱，看著流水潺潺，鳥語花香，正在陶醉之餘，一位俄國女仕輕輕的坐到我們坐著的樹幹上的另一邊，我立時警覺性的望向她，她沒有理會，坐下後輕輕的在手袋內拿出一朵鮮花，放在手上輕輕揉弄，我更提高警覺的往她身上打量，她身裁苗條，衣著普通如上班一族，她靜靜的望著流水，沒有理會我們，

廣場內一所歷史悠久的小教堂

午睡的女仕

慢慢的，她的身子微微晃動，眼半恰著，好像睡着了！哦！坐在公園內的小溪畔旁午睡了，是這樣安閒！這樣毫不介意！與我剛才的緊張警覺成一強烈對比！我立時暗笑起來，我們在香港生活訓練下的機靈警覺，似乎是過份緊張了點。約 20 分鐘後，女仕站起來了，拿起她的手袋，緩緩的向著廣場公園走去。

葉利欽總統中心
Boris Yeltsin Presidential Centre (Ельцин-Центр)

葉利欽總統中心是葉卡捷琳堡內其中一所耀眼的建築物，這裡展出了俄羅斯第一屆民選總統葉利欽的政蹟和歷史，中心內有書店、畫廊、圖書館和博物館，這中心展示了很多俄羅斯近代政治的變遷和當代的歷史。

葉利欽總統中心

中心內葉利欽總統的坐駕車

謝瓦斯季亞諾夫莊園 The Sevastyanov Estate

在城市中心內一所被受爭議的建築物，它在 1800 年建造，現在是總統府，俄羅斯的現任總統普京和上屆總統梅得偉傑夫也曾居於此。

謝瓦斯季亞諾夫莊園

寶石切割和珠寶展覽博物館
MUSEUM of Stone-cutting and jewellery (Музей истории камнерезного и ювелирного искусства)

俄羅斯的寶石和鑽石切割打磨技術，在國際上享負盛名，國內的 Ural mountain 也是世上蘊藏最多寶石礦場之一，博物館內展示了俄羅斯工匠在切割打磨上的精湛手藝。博物館就在謝瓦斯季亞諾夫莊園的隔隣，是值得一遊的地方。

8月2日早上，吃過早餐，施施然的坐上酒店安排的 VIP 車，向著葉卡捷琳堡的火車站駛去，車費也是 RUB700.-。我們的下一站是俄羅斯的工業之城「新西伯利亞」。

葉卡捷琳堡的火車站

葉卡捷琳堡河堤區和火車站地圖
1. 黑鬱金香戰爭紀念碑；
2. 滴血教堂；
3. Kharitonovskiy 花園；
4. 葉卡捷琳堡國家歌劇和芭蕾舞劇院；
5. 城市池塘；
6. 伊塞特河堤區；
7. 歷史廣場公園；
8. 謝瓦斯季亞諾夫莊園；
9. 寶石切割和珠寶展覽博物館；
10. 葉卡捷琳堡火車站；
H. 格蘭德大道烏斯塔酒店

第四站 新西伯利亞
Novosibirsk (Новосиб'ирск)

☆新西伯利亞的貓咪王國☆

從葉卡捷琳堡到新西伯利亞坐快速火車要 21 小時 36 分，我們在 8 月 2 日也是坐 100EH 班次臥舖列車，在葉卡捷琳堡 12:10 開出，到達新西伯利亞主火車站，是第二天 8 月 3 日的 11:46(四人一車廂的二等票價是 USD103.95/ 人)。

我們坐的 100EH 班次臥舖列車

荒涼的西伯利亞平原

8 月 2 日中午後，火車在西伯利亞的平原上飛馳，窗外的景色也逐漸由城鄉變得荒涼。西伯利亞是俄國北部的一片非常大的地域，由西的烏拉山脈伸延至東的太平

151

洋，北由北冰洋至南的哈薩克中北部，及至蒙古國和中國的邊境，共1276 萬方公哩。自十七世初 1636 年，西伯利亞整個地域就由俄羅斯擁有，成為俄國人的殖民地，也是其總領土的 75%。

據說在很久之前的石器時代，西伯利亞已有人居住，當年在白令海峽，有一條狹長的陸路橋連接西伯利亞和現在屬美國領土的阿拉斯加，後來因北半球的水位上升，亞洲與美洲便分開相隔了一個白令海峽，難怪有人說美洲原住民的大多數人口都是透過這條陸路從西伯利亞遷移到美洲的。

現在的新西伯利亞是俄羅斯八個聯邦州政府中，屬西伯利亞州政府的一個首府，始建於 1893 年，為俄羅斯政府在 1891-1916 年建造西伯利亞鐵路而建設。是現時俄羅斯的第三大城市，僅次於莫斯科和聖彼得堡。蘇聯時期，在史太林的指使下，陸續建成礦場，金屬加工廠和發電廠，曾是蘇聯重要軍事工業和核工業基地，設有很多科研單位。現在的新西伯利亞，仍是俄羅斯現政府的工業重鎮，軍事工業和飛機建造業基地。

在中途的火車月台買點小食

火車從葉卡捷琳堡到新西伯利亞的途中，會有二，三個小站作十數分鐘的短暫停留，我們走出火車外的月台上溜溜，伸伸腿，或是買點小食。今次與我們同車廂的是一對俄國年青夫婦，女

的在俄羅斯政府部門工
作，懂少許英語，
男的則是電廠的
工程師，只懂
說俄語，是典
型的俄羅斯中
產新一代。他
們很友善，也很
健談，在我們的
交談中，我了解到多

在俄羅斯政府部門工作的女同車朋友

些俄羅斯國內的實況。新
西伯利亞的生活水平比莫斯科和聖彼得堡低，人民的平均收入也只有
莫斯科和聖彼得堡的一半，月薪約為 RUB35000(USD530)，但他
們生活富足，每年可到國內其他的城鎮渡假最少三至四次。他們在國
內買的火車票，比我們外國人買的平很多，同是同一車廂內，他們睡
上格床，票價是 RUB4500(約為 USD68)，比我們便宜 35% 有餘，
還有他們的居住房價也不高，約為總收入的十分一，所以他們生活安
定，樂觀，也很愛國，並不如西方媒介描述的那麼艱辛。

　　在火車上談談笑笑，彼此交流異國生活的資訊，很快的火車進入
新西伯利亞主火車站，我們的目的地到了，同車的年青夫婦在下一站
才下車，我們互相拜別後便離開車廂，開始我們在新西伯利亞城內的
二天一夜旅程了。

西伯利亞火車之旅四

153

新西伯利亞主火車站
Novosibirsk Main Railway Station（Новосибирск）

從酒店往下拍攝的主火車站

新西伯利亞主火車站是西伯利亞州內最大的火車站，主火車站本身已是這個城市的標誌性和歷史性的建築物，它建於西伯利亞鐵路大幹綫之上，鄂畢河 Ob River 旁，隨著大鐵路的修建，火車站的周邊逐漸發展成城市規模。在 1926 年，這城市改稱為新西伯利亞。1931 年蘇聯時期更開始大規模建設成工業城，8 年後，即 1939 年，全城正式投入工業服務。

我們出了主火車站後，徒步走過對面馬路的新西伯利亞馬林斯公園酒店 Marins Park Hotel Novosibirsk（Маринс Парк Отель Новосибирск，4 星級，房價 HKD268，包早餐，超值）住一晚。

從酒店房間往下看的
新西伯利亞市

辦理入住手續後，酒店的職員很好，提早給我們房間。安頓好行李後，我們便急不及待的往街上跑了。

街道兩旁的民居

問路時領你到達目的地的俄國人

出了酒店，沿著博卡桑尼亞高速公路 Vokzalnaya Magistral 向前行。公路上車輛不算太繁忙，沿途街道兩旁的民居，比莫斯科，聖彼得堡，甚或葉卡捷琳堡都近代得多（不是歷史建築物），是 20 世紀中蘇聯時期的樓宇或較近代的建設，很多都是 5 層至 9 層高的建築物，就如香港 50 年前的樓宇建築，當然若與香港現時的現代化樓宇相比，這又落後得多了。我們行行重行行，肚子餓了，問問行人何處有餐廳，這裡的俄羅斯人又比莫斯科和聖彼得堡的人熱情得多，他們可以領你到你想吃的餐廳門外才離開，所以說俄羅斯人「酷」，不同的地點，有不同人的態度。

　　新西伯利亞的生活水平低，人民的平均收入也不高，所以在這裏消費，你會很開心，如以上的 4 星級酒店房價，在餐廳午餐的消費（平均約 RUS100/ 餐）等，你都會覺得毫無壓力。

　　餐後，從 Vokzalnaya Magistral 公路向前行，就是此城中最繁盛的紅色大道 Krasnyy Prospekt。沿著這條大道向左轉，很容易的就會走到以下的景點：

列寧廣場 Lenin Square (Площадь Ленина)

列寧廣場

　　列寧廣場是整個城市的中心點，在這中心點的週圍，有著市內主要的建築物，如新西伯利亞州長辦公室 Novosibirskiy Gorodskoy Sovet Veteranov (Новосибирский городской совет ветеранов) 國家愛樂樂團 Chamber

國家愛樂樂團

Philharmonic Hall (Камерный зал филармонии)，新西伯利亞國家歌舞劇院 The Opera and Ballet Theatre 等，在這裏你可看到整個新西伯利亞城內最有特色和代表性的建築物。

三個蘇聯士兵的巨大雕像

列寧廣場很大，週圍鋪滿了青青綠草，廣場前面正中豎立著蘇聯革命領袖列寧的巨型雕像，列寧雕像的左右兩旁，豎立了二座綫條簡單，造型粗豪的蘇聯革命人物的巨型雕像，左旁是一座是男工人拿著火把和女農婦高舉著禾穗的巨大雕像，右手旁是一座三個蘇聯士兵荷搶保衛國家的巨大雕像。這三組巨型雕像，是新西伯利亞的城市標誌，很多遊客都喜歡在這幾個巨型雕像前拍照，我們也不例外。

新西伯利亞國家歌舞劇院 NOVAT – Novosibirsk State Academic Theater of Opera and Ballet （Новосибирский государственный академический театр оперы и балета）

新西伯利亞國家歌舞劇院又叫 NOVAT，座落於新西伯利亞市中心內的列寧廣場後。此劇院在 1944 年建成之後，是新西伯利亞市內一所重要的表演場所。它的外型宏偉，氣勢不凡，年中舉辦不少著名的歌劇和芭蕾舞表演，可惜我們到訪時，也是因為「白日俄羅斯」結束後的休息期，劇院冷清清的關了大門。我也只好在外圍走走拍拍照算了。

新西伯利亞國家歌舞劇院 NOVAT

西伯利亞火車之旅四

紅色大道 Krasnyy Prospekt（Красный проспект）

紅色大道是新西伯利亞的主道路，主道路的中間鋪有綠草坪和花圃，還有不少塑像和瓦片鑲嵌的壁畫等，啊！還有個小教堂 Chapel of St. Nicholas（Часовня во имя Святителя Николая Чудотворца），是建城時給工人們祈禱的地方。沿著紅色大道 Krasnyy Prospekt 向前走，就可以看盡新西伯利亞城內的景點了。

紅色大道上有趣的塑像

Chapel of St. Nicholas

新西伯利亞國家美術博物館 Novosibirsk State Art Museum
（Новосибирский государственный художественный музей）

新西伯利亞國家美術博物館是在西伯利亞州內一個享負盛名的多元化展覽品的美術博物館，展品有 1 萬多件，包括雕像，民間藝術，精彩油畫，動物攝影，俄羅斯正統藝術和新一代的俄羅斯藝術品等，是值得一遊的地方。

新西伯利亞國家美術博物館

亞歷山大·涅夫斯基主教座堂 Alexander Nevsky Cathedral (Собор Александра Невского)

走到紅色大道的盡頭是亞歷山大·涅夫斯基主教座堂，是俄羅斯在新西伯利亞的一所東正教主要教堂，它以聖人亞歷山大·涅夫斯基命名，在 1896–1899 年建造。它拜占庭風格式的紅磚建築物，和鍍金圓頂，曾在戰爭中被損毀，後來在 1992 年修復。

從紅色大道的盡頭搭公共交通工具（電車）回酒店，車票價RUB12/ 人。回酒店後，在附近吃了點東西便休息了。

在新西伯利亞停留二天一夜，本想參觀它的飛機廠，可惜此處不是西雅圖，問遍酒店服務員和旅遊中心，都不得要領，最後只好作罷，轉而去參觀動物園。

新西伯利亞動物園 Novosibirskiy Zoopark Imeni R.a. Shilo (Новосибирский зоопарк имени Р.А. Шило)

你若到新西伯利亞旅遊，當地人一定推薦你去造訪他們的動物園。從火車站乘 2 號電車，只需 10 分鐘便可直達動物園門口，門票RUB300/ 成人。新西伯亞利動物園內飼養了近萬隻不同種類的珍禽走獸，也確實令人大開眼界。此動物園內飼養了多達五十多種的貓科

新西伯利亞動物園

園內豹貓母子

園內威猛的大虎豹

動物，如愛貓之人，必雀躍萬分，因內有大如老虎獅子的猛獸，也有小如小貓咪咪的家庭寵物，林林總總，多不勝收，家貓野貓，波斯貓緬甸貓，種類之繁多，也着實令我這喜歡貓咪的貓女郎大開眼界，這裡可說是個貓的王國。怪不得當年日本首相安倍晉三送給俄羅斯總統普京的秋田犬時，普京就回贈了一隻俄羅斯國寶西伯利亞貓。動物園內還有必然看到的北極熊和北極熊寶寶，它們母子倆在水中的親情玩樂，贏盡了不少觀眾的掌聲和歡笑聲。

園內的北極熊母子

園內的鬼面猩猩

園內倒立的房屋

園內的白腿大鵰

　　離開動物園時，已是黃昏了，在主火車站買了燒雞和俄羅斯民間飲品哥巴斯 KBAC（是由黑麵包和水混合發酵後，略帶酒精濃度，味道像德國黑麥汁的有氣泡飲品，RUB20/ 杯）作晚餐，吃飽後便趕回酒店拿回寄存在酒店內的行李，簡單梳洗後便步向對街的主火車站，坐上晚上 23:54 開出的 008U 臥鋪班車（票價 USD119.02/ 人），從新西伯利亞向伊庫茨克駛去。31 小時 34 分後的 8 月 6 日早上 08:28，我們將會到達在俄羅斯境內的最後一站伊爾庫茨克。

沙律、湯和二個主菜 RUB200

俄羅斯民間飲品哥巴斯 KBAC

西伯利亞火車之旅四

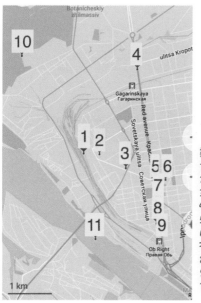

新西伯利亞市內圖：
1. 新西伯利亞主火車站；
2. 新西伯利亞馬林斯公園酒店；
3. 博卡桑尼亞高速公路；
4. 紅色大道；
5. 列寧廣場；
6. 新西伯利亞國家歌舞劇院；
7. 國家愛樂樂團；
8. 小教堂；
9. 新西伯利亞國家美術博物館；
10. 新西伯利亞動物園

列車窗外的民居小鎮

第五站 伊爾庫茨克 Irkutsk (Иркутск)

☆多看世界始終是擴寬眼光的最好途徑☆

火車載我們離開新西伯利亞，是 8 月 4 日深夜 11 時多，列車上的臥鋪裝置與之前的100EH差不多，我們也是睡在下格床。

途中的運煤列車

早上起來，列車在鐵路上飛馳，窗外的景色較由葉卡捷琳堡到新西伯利亞的那一段熱鬧，沿途中多時看到窗外的民居小

途中的運油車

鎮，偶然也有運油列車和運煤列車在我們車旁駛經過。

與我們同車廂的是一對年青小情侶，他們從莫斯科上車，中途沒有停下來遊玩，是全程由莫斯科到終點站伊爾庫庫茨克。男的來自台灣，女的來自中國大陸，他們都是在英國完成學業後，出來社會工作之前，到世界各地旅行看看的一段經歷體驗遊。我們在車廂內相處愉快，男的曾在香港佐敦道一所證券公司做暑期工作三個月。他說他在來港之前，以為香港很多人都是黑社會，他還以為在港隨時可以在街上看到

警匪槍戰，因他從少就在台灣看港產片，都是談及黑社會爭鬥，所以有這樣的印象。哈，原來港產片的影響力那麼大！

這次車廂內的乘客，有很多自助遊的年青人，都是來自世界各地，他們大部份從歐洲出發到俄羅斯遊玩，跟著是蒙古國，然後到中國為終點站，再飛回自己國家繼續工作或學業。真好，多看世界始終是擴寬眼光的

同車的年青遊子

最好途徑，不至於被電影，劇集，甚至是偏頗的媒介誤導了自己的判斷。我們在車廂內談談、笑笑、唱唱歌、看看窗外的景緻、交流在俄羅斯旅遊的心得，又或火車在中途停站時走出月台上逛逛。時間過得很快，轉眼又夜幕低垂，明天早上 8 時許，我們就會到達伊爾庫茨克了。

伊爾庫茨克是俄羅斯接攘蒙古國邊境的一個小城鎮，因它的地理位置，和與國外貿易頻繁的關係，使它成為西伯利亞區內第六大城市，也是俄羅斯重要城市之一。世界上最深的淡水湖——貝加爾湖 Baikal lake(Байкал) 就在附近，它是旅遊者到伊爾庫茨克旅遊時必到之處。

我們本計劃在伊爾庫茨克的市內住一晚後，便到貝加爾湖住二晚，再回伊爾庫茨克住一晚後才到蒙古國去的。但因同車的小伙子說，貝加爾湖小火車環綫遊是到伊城不可錯過的旅遊節目，在他大力推薦下，我們改變了行程，決定把三日二晚的貝加爾湖改成二日一晚。在火車到達伊爾庫茨克的火車站時，我們即時買了第二天的貝加爾湖環綫遊火車票（車票價 RUB1000/ 人），跟著便坐的士到我們預早在港訂了的當地酒店——歐洲酒店（4 星級，房價 HKD890/ 晚，包早餐）登記入住了。的士收費 RUB400。

西伯利亞火車之旅五

到達酒店，是早上十時許，還未可入住，把行李寄存在酒店後，便到酒店附近的 130 俄羅斯風情區遊玩去了。

130 俄羅斯風情區 130 Kvartal (130 Квартал)

海狸雕塑巴布爾 Babr

很有特色的俄羅斯木屋

130 俄羅斯風情區的起點是 7 月 3 日大街，薩多巴 Sedova 大街與列寧大街的交叉路口，路口有座海狸銜著貂鼠的雕塑巴布爾 Babr(Бабр)，也是伊爾庫茨克市的標誌，象徵力量與智慧。我們從酒店坐 8 號無軌電車 RUB12/人到達 130 俄羅斯風情區。這區早期本是茶商的驛站，由於各年代的貿易和轉運需要，建設了很多樓房，所以現仍保留著不同時期和不同風格的各式俄羅斯木屋。這些木屋牆身除掃有不同顏色外，有些屋頂，簷下，門窗邊和欄杆上還圍有木刻花邊。花巧的木窗和房頂，設計各出心思，務求營造一種獨特的風格。現代的商家和藝術家更因應時代的需要，把這裡固有的特色屋群加以整修和裝飾，打造成時尚氣息和各具特色的餐廳、咖啡廳、酒吧、書店、小商店和大型的商場。商場內有售賣各種貨品的商店之餘，還有個很大的超級市場，很多自由行旅客都喜在這裏補充旅行途中所需的食物和用品。現在，這裏已是俄羅斯東部城市中，新一代和旅客們最喜溜連的娛樂商業城區了。

聖十字架教堂 Krestovozdvizhenskaya Tserkov' (Крестовоздвиженская Церковь)

聖十字架教堂早在 1717 至 1719 年間是木製教堂，後在 1747 至 1760 年間重建為現在的建築物，但內部的裝飾佈置，仍保留著最初 18 世紀時的模樣。蘇聯時期曾被關閉，鐘也被拆除，變成博物館，但

聖十字架教堂

在 1948 年教堂再次重開運作。是值得參觀的教堂，就在 130 俄羅斯風情區的東北面對上的山旁，外型很特別，白牆襯以朱紅色的花邊，是伊爾庫茨克最古老的教堂之一。

教堂內 18 世紀的裝飾佈置

列寧大街 Ulitsa Lenina

列寧大街是伊爾庫茨克的主要街道，街道的中段豎立了列寧的雕像，街道兩旁有很多餐廳、博物館、大學校園和政府辦公室。再往北前行，就是伊爾庫茨克的季赫溫廣場 Tikhvinskiy skver 和基洛夫公園 Skver Im. Kirova (Сквер им. Кирова)。我們因明早約會了火車上相識的二位年青人，一同遊貝加爾湖環湖火車鐵路，所以提早回酒店準備。明天會攜帶輕便的行裝出行，其餘的行李會寄存在酒店內，待三天後回來再在這裏住一晚才坐火車到下一站蒙古國。

西伯利亞火車之旅五

環湖火車鐵路

中途停下來吃的貝加爾湖特產 Omy 魚

河谷內的俄式小木屋村莊

俄羅斯居民會到湖邊暢泳和野餐

貝加爾湖 Baikal Lake (Байкал) 環湖火車鐵路遊

貝加爾湖環湖火車鐵路，原是西伯利亞大鐵路的一部分，全長 80 多公哩，穿過 39 個隧道，還有 29 公哩的護山牆。它其中一段因修建水庫時被水淹沒，火車鐵路改道，這段被淹沒和被廢棄的鐵路多年後被一間旅遊公司承租並開發成了觀光鐵路遊。

這段觀光鐵路線並非環湖一週，只是其中一段，它沿途只有一個車站，但司機會在景色優美的景點停下來給遊客拍照。鐵路的一側是湖景，另一側是山景河谷。沿途的山景河谷內有很多俄式小木屋村莊，村莊被翠綠的山坡草坪環繞，美麗得像畫家筆下的清新油畫。另一側是貝加爾湖的浩翰廣闊湖面，寧靜中又不乏有活力充沛的活動點，例如有不少俄羅斯居民會到湖邊暢泳和野餐。

我們從伊爾庫茨克的火車站乘火車到 Irkutskaya GES 尾站，在那裏再轉乘一列沿湖的觀光火車到碼頭，

在那裏轉乘一艘渡輪，到達一個湖邊的小村莊利斯特維揚卡 Listvyanka (Листвянка)。我們在那裡渡過一個俄式鄉村生活的寧靜晚上。我們住的小木屋旅館，有三層高樓，每層樓有三間房，房間內佈置簡潔溫暖。樓下是飯廳，客廳和廚

利斯特維揚卡小木屋旅館

房。此旅館由母子倆經營。收費便宜 RUB660/晚，晚餐另計，也不貴，RUB80/ 人餐，是普通的土豆、肉和蘑菇。

第二天早上，我們就匆匆的乘最早的一班小巴趕回伊爾庫茨克市中心內，改乘小巴前往貝加爾湖的另一個渡口，坐船到湖中的一個小島嶼奧爾漢 Olho 小住一天了。其實如果不是所有的行程早作安排，又或不需 30 天內離開俄國國境，在利斯特維揚卡 Listvyanka 和奧爾漢 Olhon 兩個地點小住多幾天，那這個行程將會更完美了，因前者是很傳統的俄羅斯鄉間體驗，後者則是感受貝加爾湖的浩翰清新。

貝加爾湖上的奧爾漢島 Olhon (Ольхо́н)

奧爾漢島上的載車渡輪碼頭

利斯特維揚卡小鎮坐小巴回伊爾庫茨克市中心要 2 小時多的車程。我們到達伊爾庫茨克市中心的小巴總站，要轉乘另一輛小巴駛往另一方的貝加爾湖渡輪碼頭 Paromnyy Kompleks Olhon，再連同小巴一起乘渡輪到奧爾漢小島。我們到達湖邊渡輪碼頭時，已過中午時分。這個碼頭十分熱鬧，已有近百輛私家車和小巴在等待過河去奧爾漢島嶼了。

我們在渡輪碼頭排隊等候到奧爾漢島嶼，碼頭旁有很多小攤檔，販賣一些土產和手工藝製品，也有俄羅斯的套娃和傳統紀念品。我們在小攤檔中東看看，西看看，在渡輪碼頭旁拍照看湖。終於小巴上渡輪了，是下午四時多！

渡輪碼頭旁的小攤檔

渡輪在貝加爾湖上行走，一陣陣湖面的清風，其實是頗冰冷的強風，撲面而來，冷得我忙加衣和把圍巾包頭。貝加爾湖是大陸裂谷湖，育有 1700 多種動植物品種，是世上最大最深的淡水湖泊，也是

貝加爾湖的黃昏

世上最古老的湖，又叫「西伯利亞明珠」，提供世界上五分之一的淡水供應，1996 年已列入為世界自然遺產。此湖夏天湖水蔚藍清澈，可觀視 39 米下的深度；冬天全湖結冰，很多冰上運動都會選擇在此舉行。

我們在湖上航行約 30 分鐘後，便到達奧爾漢島嶼。小巴上岸後飛馳在荒蕪的島上，行駛 45 分鐘後才到達 Khuzhir 小村莊。

奧爾漢島 Olhon

奧爾漢島是貝加爾湖上的一個小島嶼，居住的人口不多，只有1500 居民。我們在島上的 Khuzhir 小村莊訂了兩晚不能退房的旅館（堪布斯 Kampus 旅館，房價 USD78/晚，連早餐），但因前一天改變行程，在利斯

Khuzhir 小村莊的夜色

特維揚卡村莊住了一夜，所以在這裡只可住一晚了（老板娘是個通情達理之人，她知道我們為什麼早一晚缺席之後，就以 1.5 晚的房價收取，雖然那晚留給我們的房間是沒法租出去了）。晚餐後，我們摸黑的從旅館步行到湖邊散步。湖邊沒有街燈，也沒有行人，只有皎潔的明月照耀在寧靜的湖面上，清幽冷艷，雖然也照亮附近的景物，但我們只在湖邊停留了片刻便回旅館去了。

奧爾漢島上的 Khuzhir 小村莊

西伯利亞火車之旅五

有人玩滑翔傘

貝加爾湖水清澈冰冷

第二天早餐後，我們把握時間，再到湖畔旁走走，看看早上的貝加爾湖。陽光照在湖面上，和煦溫暖。湖畔旁人多了，有年青的旅客手挽手在湖邊草地上踱步，有人玩滑翔傘，有本地小童在附近的兒童遊樂場玩耍，有工人在不遠處的小教堂內做修護，各式其色，是個典型的與世無爭的桃源之地！我們繼續往前走，是個小型沙灘，湖水清澈冰冷，我本想下水暢泳，但水冷得我即飛跳起來！夏天的湖水已是如此，冬天這裡不知冰封多少呎？

9 時多，我們要趕回旅館收拾行裝，因要趕上第一班 10 時開出的小巴返回伊爾庫茨克市了。停留一晚在貝加爾湖是不足夠的，如果可以多逗留二至三天，參加島上旅行社舉辦的湖上之旅或島上四驅車之行，看看這裡獨有的淡水水獺和淡水海豹，才可說是不枉此行。

返回伊爾庫茨克市是 8 月 9 日黃昏，我們也是入住之前的歐洲酒店。

8 月 10 日，是大雨的日子，也是我們在俄羅斯國境內遊覽的最後一天。帶備雨具出門，坐 8 號無軌電車到總站下車，是 1A 號列寧大街，伊爾庫茨克的蘇維埃政府辦公室 Dom Sovetov 和大廣場。廣場的一旁是救世主大教堂 Savior Church。

救世主大教堂 Savior Church (Спасская Церковь)

救世主大教堂是座石造教堂，建於 1758 年，曾是伊爾庫茨克市內標誌性的建築物，因是石建教堂，在城中大火中未被燒毀，更加增加其神聖感，所以立有紀念碑在其旁邊。教堂外還有一個建於 2011 年的小教亭 Chapel

救世主大教堂外的小教亭

near the Church of Our Savior，是紀念伊爾庫茨克建城 350 年。小教亭下埋藏了一些在教堂修建時發現的最早期居民在 1661 年遺留下來的石屍架。這教堂白牆綠頂，清麗脫俗，是值得一遊的好地方。

主顯聖大教堂 Sobor Bogoyavlensky (Собор Св. Рюкочки)

主顯聖大教堂是伊爾庫茨克市內的東正教堂，始建於 1693 年，早期是以木建造，也是伊爾庫茨克最古老的建築物之一，後因大火被燒毀。1718 年後，以石頭重建，教堂的外牆是白底朱紅邊，畫有多幅聖人畫像，十分美觀。教堂的各層又以長方形，四方形，六角形，圓柱形和六角錐體形等堆砌，很有特色，單看外觀，已十分耀眼，是拍攝的好對象。內部是東正教的教堂裝飾和佈置，有部份仍在復修中。

主顯聖大教堂

主顯聖大教堂內的聖壇

西伯利亞火車之旅五

莫斯科凱旋門 Moscow Gate (Московские ворота)

莫斯科凱旋門

沿著主顯聖大教堂往安加拉 Angara 河畔走，你會看到伊爾庫茨克在 1661 年建城的創建者雕像。河畔是一條青葱的大道，大道的另一方，建有莫斯科凱旋門，淡黃白框邊的凱旋門十分顯眼。凱旋門初建於 1811–1813 年間，是亞歷山大一世為了紀念 1812 年衞國戰打敗拿破崙而建立的。1912 年，凱旋門毀於地震，1925 年被布爾什維克拆去剩餘的部分。2011 年，俄政府為紀念此凱旋門建立 200 週年而重新建造。現在是遊客取景的拍攝對象之一。

伊爾庫茨克的木建房屋 House of the architect Rassushin

沿著列寧街步行，會到達伊爾庫茨克市的老城區，那裏仍留有很多在 19 世紀時建造，位於伊爾庫茨克市中心的木建房屋，它們在 1879 年的大火中倖存下來。這些木房屋是用西伯利亞的松樹和雪松樹建造，外表裝飾華麗，留有巴洛克的風格。當年多是軍官，貴族和藝術家居住，但現在看來已是普通的民居了。

伊爾庫茨克的木建房屋

伊爾庫茨克的火車站

西伯利亞火車之旅五

　　8月10日23：55，我們將要上火車離開俄羅斯進入蒙古國。在列寧街上的小餐廳吃了頓不錯的俄羅斯餃子和小籠包餐，RUB600/2人，便回酒店拿回寄存的行李，驅車前往火車站去了。

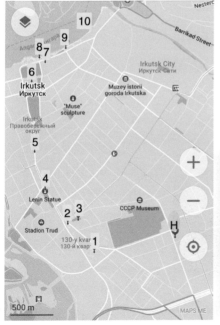

伊爾庫茨克市內圖：
1. 130 俄羅斯風情區；
2. 雕塑巴布爾 Babr；
3. 聖十字架教堂；
4. 列寧雕像；
5. 列寧大街；
6. 救世主大教堂；
7. 主顯聖大教堂；
8. 建城創建者雕像；
9. 莫斯科凱旋門；
10. 安加拉 Angara 河
H. 我們居住的歐洲酒店

第六站 蒙古國 Mongolia

☆在蒙古自立為國的滿清遺臣？☆

　　我們在 8 月 11 日早上，趕到伊爾庫茨克的火車站，乘搭早上 08:13 的 004Z 班次列車開往蒙古國（臥車票價 USD149.31/ 人）。火車票上標示的時間是 03:13，這是莫斯科時間。俄羅斯的國土面積覆蓋很大，也跨越多個時區，伊爾庫茨克的時區就比莫斯科早 5 小時，所以在火車票上列出的開車時間，一定要弄清楚是以那個地點的時區計算，否則很容易誤了點。

西伯利亞大草原上的牛羊

俄國邊境檢查站納烏什基

　　從伊爾庫茨克坐火車到蒙古國要 22 小時 30 分，行車時間其實不需要這麼久的，因火車是由俄羅斯國境駛進入蒙古國國境，要在兩國間的邊境停留，接受過關手續和檢查，所以時間就長了。

　　我們坐在火車廂內，窗外的景色由俄式小村莊、貝加爾湖景轉變到西伯利亞大草原上的牛羊。不久火車駛進俄國與蒙古國接壤的邊境檢查站納烏什基 Naushki，我們會在這裏停留約 2 小時。火車停下時我們可以下車走走，看

看火車卡換軌或加減車卡。我們看到有幾卡灰色車身紅色字的車卡（是俄國列車卡）與我們乘坐的列車卡脫鈎，由另一火車頭拉動，駛向另一方向的鐵路軌走了。火車站的員工忙碌了一陣子後，我們所有下車走動的乘客，

俄國列車卡脫鈎

被要求全部上車，返回自己的車廂內待著。不久，俄國的關員上車檢查我們的證件和例行看看行李，在護照上蓋了章便離開了。

列車向前慢行不久後，看到蒙古國的邊防兵在操行，是到達蒙古國的邊防站蘇赫巴托了。列車停在站內，所有的乘客都要留在自己的車廂內，等待邊防人員上車檢查證件和行李，並在護照上蓋章後，我們才可下車走動。蒙古國的邊境人員檢查行李時較俄國的關員嚴謹，可能是入境的關係吧。

蒙古國的邊防兵

我們在這一站停留約 2 小時，在火車停站其間，所有火車上的廁所都是不能使用的（包括在俄國邊境的納烏什基）。很多人都需要在 4 小時內用洗手間方便，所以在蘇赫巴托站的公廁就有一條長長的人龍排隊，但入廁收費是蒙古貨幣 200MNT/ 人，(MNT 是蒙古國貨幣 TUGRIK 圖格里克，兌換價可出發前在網上查，當時是 USD1=2000MNT) 要即時在當地兌換貨幣才可使用洗手間，雖然那裡的兌換價是很不理想。

我們在邊防站蘇赫巴托的小餐廳吃了個簡便的晚餐後，便上火車等待離開這裡了。今次與我們同住一車廂的是一對德國夫婦，他們與其他朋友六人一團，由德國出發，全程坐火車，經莫斯科到蒙古國遊玩幾天，再到北京玩幾天才飛回德國。在車廂內，我們天南地北，相互交換旅遊心得和見聞。德國團的六人中（是隔鄰車廂的乘客）有退休醫生、有學生、有旅遊家、還有與我們同車廂的農夫夫婦。其中醫生與我們的話題最多，也最有興趣知道香港回歸後的景況。哈，我乘機游說他來港旅遊，親身體驗回歸後的變遷，這會比三言兩語來得真確，他也興趣央然的說日後定會來看過究竟，不會被偏頗的傳媒誤導。

蒙古國的綠色車卡

我們的灰色俄國車卡，在蘇赫巴托的火車站內，脫離了俄國火車頭後，便被鈎在幾個綠色車卡（是蒙古國的車卡）的後面，由蒙古國的火車頭牽動，帶我們向著蒙古國進發了，當時已是夜幕低垂，窗外的景色模糊，我們也因困倦而睡著了。

烏蘭巴托火車站

8月12日早上，被車務員吵醒，要求我們把床單，枕袋和被套交還。趕快的梳洗後，06：50火車已停在蒙古國的首都烏蘭巴托的火車站上。拜別了德國朋友，便各自走自己的路了。

甫出烏蘭巴托火車站，就被幾個蒙古大漠遊的旅遊代理上前圍著，游說我們參加他們的旅遊團。當時因神魂未定，又太多人搶著說話，且應先要到酒店放下行李才計劃，所以就請他們稍後 11 時到我定的酒店詳談。

酒店是距離火車站不遠的貝斯特韋斯特戈壁凱爾索酒店 Best Western Gobi's Kelso(3.5 星級，房價 HKD566/ 晚，連早餐)，小汽車由火車站到酒店，索價 4000MNT 約 USD2.-)。

早上 11 時，相約的旅遊代理到達酒店，她給我的蒙古包草原 4 天 3 晚體驗遊包食宿，英語導遊，司機，四驅車連汽油，還有騎馬和騎駱駝活動，2 人合共 USD750，價錢合理，我們約定明天一早出發，旅程完後才付錢。

烏蘭巴托位於蒙古高原中部，是蒙古國的首都兼最大城市，政治和交通中心。連接中俄的蒙古縱貫鐵路，貫穿烏蘭巴托，北至色楞格省蘇赫巴托爾，南達中國內蒙古自治區二連浩特市。清朝崇德四年 1639 年 (皇太極年代)，蒙古國地區是蒙古活佛哲布尊丹巴呼圖克圖駐地，稱為庫倫。清乾隆時被封為庫倫辦事大臣駐地，屬中國清朝國土屬地。1911 年辛亥革命後，八世哲布尊丹巴在俄羅斯帝國的支持下宣佈獨立為國，成立蒙古國。1915 年接受中華民國大總統袁世凱冊封，取消獨立。1924 年，在蘇聯的策動下，蒙古人民革命黨推翻蒙古王公和活佛統治，建立蒙古人民共和國，將庫倫改名為烏蘭巴托，並以此為首都。1946 年，蒙古人民共和國舉行公投，通過正式脫離中華民國獨立，成為蘇聯的衛星國，直至 1990 年止，蘇聯解體後，蒙古國便成為正式的獨立國了。走在烏蘭巴托市的街道上，你還可以看見不少商店招牌上的俄文，和似曾相識的的國家友誼商店。

西伯利亞火車之旅六

烏蘭巴托的蒙古人，有部分對中國人是不太友善的，可能是清朝時，滿蒙一家（康熙的祖母孝莊皇太后就是蒙古人）一齊統治中國二百多年，現在的新中國是漢人天下，國富家強得令他們翻身無望，所以心中不很舒服吧。我們今次蒙古大漠遊的導遊就是其中一個，她在旅途中就常問我，現代人看美女的標準是什麼，我說是高挑、大眼、臉尖長、大嘴巴等，她就用一種不俏的表情對我說，她們蒙古美人的標

蒙古大漠遊的導遊

準是矮小精幹、綫眼、臉圓、小嘴如孝莊皇太后！我審視她本人的長相身材，哈！就如她敍述的孝莊皇太后模樣，當時真有點令我忍俊不禁。

以前的日子，我曾在心中有疑問，當年晚清亡國時的滿蒙貴族高官們那麼多，他們現在身在何方？現在似乎找到了端倪，若你到烏蘭巴托的歷史博物館參觀，你便知道了，是跑到蒙古自立為國！

我們在酒店安頓好後，便出門往左拐，但前往烏蘭巴托的街道上走走了。烏蘭巴托的市容，像40多年前的廣州市模樣，寬闊的馬路上風沙塵滾滾，還有很多未開發的樓房和有待發展的商業區域。不過，此處終有其歷史性的建築物和不同國度的文化可供遊覽。

烏蘭巴托主街道和平大道一段

烏蘭巴托最熱鬧繁華
的區域是在和平大道
(Peace Avenue) 兩
側。沿路都有商店和
食肆，我們就在路旁
的一間蒙古飯店吃午
餐，不知是因言語不
通還是有意待慢，落單
很久都未有食物到，鄰坐
較我們遲來的都已飽吃一

蒙古飯店

頓走了。終於吃飽了一
頓富有中國東北風味
的蒙古小菜後，便走
路到較繁忙的區域
去逛逛了。那裏有國
營友誼商店，走進國
營友誼商店內，看見裝
飾和佈置都有點像 40 多

友誼商店

年前的中國友誼百貨商店，燈光
暗暗的，貨品架和裝飾櫃內的貨品種類不算多，仍保留著共產國家的
營運模式。友誼商店二樓的商場內，有數間旅行社，專營辦到大漠蒙
古包體驗遊的旅行團，很多背囊客在那裡參加，價錢應比我們二人組
團的便宜些吧。

在街上閒逛了一圈，這裡的人民，衣著和生活都較落後，是個有
很大進步空間的城市。

我們從和平大道走到市內著名的觀光景點——甘丹寺，途中仍看
到不少破舊的小民居房子。

甘丹寺 (Gandantegchenling Khild Monastery)

甘丹寺是蒙古國最大和最有名的藏傳佛寺，建於 1838 年，由四世哲布尊丹巴所建，為專修高等經典之處，在蒙古人民革命黨統治其間，雖提倡「無神論」，但仍有運作，現在民主政權下更是香火鼎盛。寺內有座世界最大的銅鑄觀世音菩薩像，像高 26.5 米，觀音像下還有一座水泥造的宗喀巴像。

白色的甘丹寺和黃色的喇嘛殿

甘丹寺的正殿富有中國建築風格，整個建築群，除正殿外，週圍還有很多大小廟宇建設，是旅遊和拍攝的好地方，不過在拍攝和遊覽時要特別小心扒手。烏蘭巴托的扒手很多，也很猖獗，外子就曾被抓去零錢包。

喇嘛殿內的善信

26.5 米高的銅鑄觀音像

4天3晚大漠草原蒙古包體驗遊

☆人在外，調較自我的要求是有必要的☆

　　馳馬於蒙古大漠草原，是少年時讀了金庸小說《射鵰英雄傳》後，十分響往的一種旅遊體驗，今次有幸一嘗，是人生一大快事。

　　8月13日的早上7時，大漠遊的導遊在酒店前台準時到達，陪同我們一同出發。她一口略帶印度口音的英語與我們溝通，她說她曾在印度生活4年，司機是個完全不懂聽不懂說英語的蒙古大漢。我們把大件行李寄存在酒店，3晚4天的大漠蒙古包體驗旅遊後，我們會再在此酒店居住2晚，才上火車到中國的北京去。

　　我們坐的是高身四驅車，議價時一定要說明，否則導遊會以房車代替，四驅車的租車價比房車貴，且長途車程，全程困坐在車廂內，膝蓋關節可能受不了。我們就在中途回烏蘭巴托，再駛往另一方的國家公園時，被不太誠實的導遊換了房車，當時她說是因四

我們坐的高身四驅車

驅車的車牌不可進入國家公園，後來才知是謊言。還有要清楚說明油費和導遊與司機的宿費都是已包在旅費內，否則中途他們要你另付錢給他們，這是我和導遊尾段行程時，鬧得不愉快的原因。

　　車駛離烏蘭巴托的鬧市，看到路兩旁正在興建的地盆和開發中的石場，開始感到風沙滾滾。車子停在近郊的一個超級市場旁，導遊替我們購買這4天的水和食糧用品等。在這裡，我們遇到幾個從香港到蒙古國，也安排到大漠蒙古包體驗遊的旅客，大家交換旅遊情報後，便各自歸隊上車，向着大漠駛去了。

草原河邊的牛群馬群

「爭女大決鬥」的公牛牛女

車在風沙路中前行不久，便開始看到兩旁無盡的草原和在草原上零散的牛群馬匹了。車繼續向前駛，偶爾看到一，兩條小河，河邊的牛群馬群更多。望著這遼闊的大草原風光，令我這自小生活在城市的都市人，感到既興奮又新鮮。車在草原兩旁的大路上飛馳，突然間，司機停在路旁，我們正在狐疑間，導遊叫我們下車，望向她指往的山坡上，看見有兩頭牛並排的在踱步，再望向另一方的河邊，有頭牛低著頭衝向這兩頭牛的方向，約在 80 米的距離間停下來，不停的以後腳擦著草地，腳下立見沙塵滾滾，草皮都被擦破了，它頭再向下，又再衝向着這兩頭喁細語的牛，眼看快將到達時，怒氣沖沖的牛（應該是公牛吧）突然煞停在十米處外，不斷的再以後腳擦著草地，越擦風沙越大，正在偶偶私語的兩頭牛即時分開，一頭往邊走開（想必是牛女吧），另一頭（想必是公牛吧）即時回應的也用兩後腳在草地上擦，也擦得風沙滾滾，兩公牛對峙，越擦距離越近，風沙也越來越大，眼看快將要打起來了，突然間，那頭剛與牛女一起的公牛，洩氣的調頭走了，想必是較量下自知不敵而放棄吧。哈，想看一場自然界的「爭女大決鬥」，竟在這麼有風度的較量下結束，牛女乖乖的跟着勝利者向着河邊走去了。唉！如果當年俄國詩人普希金，也用這方法與他的情敵分勝負，想必他不會如此早逝吧。

車又繼續的向前行駛，大漠中的牛群馬匹零散的分佈在各草坪上，偶爾看到三兩隻野鶴、蒙古包分佈在廣闊

路途中的野鶴

的草原上，導遊說，他們蒙古民族，現在很多仍生活在逐草而居的傳統遊牧生活中。她說香港人時常說地價貴，甚至無地建屋，蒙古國有的是地，不用買，不用租，喜歡的，你可以任意在任何離開市區的草原上搭建蒙古包生活，自由自在，任奔馳。

草原上搭建的蒙古包

我們留宿的蒙古包營地

黃昏，車停在一處有幾個蒙古包和一間小石屋的小山坡平原上，導遊領我們與屋主打招呼，她說我們今晚就住在這裡的其中一個蒙古包內。與屋主打招呼後，知道他們三代同堂都是牧民，同住在這裏的小平房內。冬天，年青的一輩會搬回城市生活和上學，只留下最年長的看守這裏的牲畜和地盆。山坡上的電是靠從中國大陸購買回來的太陽能電子板和蓄電池供應，水則要每二天從遙遠的河流或更

西伯利亞火車之旅六

木搭小木屋廁所

遠的城市用貨車運輸到來儲存應用，所以這裏的水甚為珍貴，不能亂用。廁所是平房外的一間木搭小木屋，小木屋內暗黑中只見地下幾片木板，木板中間有條大罅隙，大罅隙下是個蓄糞的大坑，這個大坑是屋主之前掘的一個大洞，這個洞是用來裝所有在這裏居住的人的排洩物，每隔一段時間，如果大洞差不多滿時，屋主就會把洞埋了，在另一地點掘另一個洞作同樣的功能，所以在進入這廁所小屋中方便時，可想像比如坐針氈更難受。到蒙古大漠旅遊，沒有現代化的沖廁設備，在長途的路途上，如需如廁，也要在海闊天空的大草原上，找個較隱蔽的地點方便，這是我們都市人最難接受但又必須要接受的項目。

蒙古包內的佈置

蒙古馬奶茶

13/08/2016

草原上的牧民較真情，淳樸，到訪他們家中（其實是民宿營運的一種），通常都會受到熱誠招待，他們多以馬奶茶，馬奶芝士等招待賓客，還有傳統的蒙古餃子作晚餐。我們住的這家牧民家庭，可能已營運接待遊客多年，總覺有些商業味。不過能親身體驗原野牧場牧民的蒙古包生活，始終是我人生中難得一試的經歷。

這裡，我和外子住一

個三人的蒙古包。牧民主人向我們介紹蒙古人的生活習慣和傳統，他說（導遊作翻譯）蒙古家庭老幼有序，長者的權威最大，通常在家內決定和處理一切，在蒙古包內坐的位置也是坐在正中，兩旁才是長子次子，順序排下去，女子的地位不高，通常是輔助男子的角色。現在我們住的這家牧民家庭，主要的營運工作已由第二代的壯年夫婦承担了。

吃過牧民媳婦兒做的蒙古餃子晚餐後，原野的天色還是光光的，我們開始排隊坐牧民家養的三頭駱駝，排到我們時，已是晚上九時多了，月亮已高高掛在天空上。牧民助我們坐上駱駝前，給了我和外子每人一件很重很厚的皮製長袍，也多謝他的細心，原來夜後的草原，寒冷非常，這件皮長袍

穿上皮製長袍坐駱駝

雖然看來殘舊不潔，但甚保暖。有時人在外時，在物質供應有限的情況下，調較自我的要求是有其必要的。我倆坐在各自的駱駝背上，由壯年的牧民騎在另一隻駱駝在前牽著，走出牧場范圍外，慢步於月光下的草原上，四週寂寂，沒有一點燈光，但月亮照在草原上，也反影在偶爾的一潭水面上，四週的景物輪廓，清晰可見。牧民靜靜的，我們也靜靜的，坐着的兩隻駱駝靠得很近的，我們偶然可以牽牽手，感受這天地間平靜和諧的相處。啊，是何等的浪漫！何等的融和！我們感恩了！

靜靜蹲著的羊羣

第二天早上（8 月 14 日），被雞啼聲喚醒，走出蒙古包外，看見昨晚的三頭駱駝，靜靜的蹲在牧民家的小平

放羊的牧民

房外，天色是濛濛的，似乎早上的太陽仍未起來。再看清楚，駱駝後聚集了有近百頭羊，牠們全都靜靜的蹲着，好像小學生聽老師話般，守規矩的排排坐着。我好奇的走過去看看，一隻羊站起來，其餘的羊也跟著站起來，啊！是我驚動了牠們？我連忙走開梳洗去了。

簡單的早餐

早餐是簡單的麵包、馬奶茶、昨晚包的餃子和特別為客人準備的咖啡、茶包和曲奇。我們吃過早餐後，看看牧民家庭勤快的放牧工作，將近百頭羊群趕往羊欄，再趕出去吃草了。牧民說羊群是有羊領袖的，所有的羊都會聽羊領袖指示，就像我清晨看的一樣，一隻領頭羊站起來，其餘的也會站起來，領頭羊蹲下時，其他的也隨着蹲下，所以牧民只需控制那隻領頭羊，其餘的就會乖乖的跟著做。我們在香港的股票市場中，常常聽到的一句話「羊群心理」，原來就是出於此。

　　早上十時許，導遊說要離開此地，趕往小戈壁，看那裏的流沙痕跡。我們不捨的別過牧民，車子向草原的另一方駛去了。

小戈壁沙漠 Gobi Desert

　　車又在一望無際的草原上飛馳，偶爾看到三幾個蒙古包和一群群的牛羊。漸漸的，草原上的草變為稀疏，混和著沙土的面積也越來越大。終於，我們看到沙丘 sand dunes 了。漸漸的沙丘變成沙漠，我們走出車外，踏在一片片無垠的沙上，看著腳下的黃沙被風吹得不停的改變圖案，遠處看到有人騎駱駝在沙漠上行走，旁邊有輛四驅車，想必是旅行社安排客人在這裏騎駱駝沙漠行吧。其實，現在的蒙古國牧民代步，多已選用四驅車或摩托車了，養駱駝，是為遊客服務而已。

不停改變圖案的沙丘

我們在這棟新建的房子午膳

　　離開沙漠，又是一望無際的草原和牛羊。不久，車中途停在一棟看來新建的房子午膳。這房子是餐廳，似乎是專為到沙漠旅遊的人客建的，內裏有蒙古帝國的地圖和幾張清潔的桌椅侍客，我們要了蒙古的傳統炸脆角當午餐，脆角內包的是羊

蒙古的傳統炸脆肉

肉和土豆（薯仔），味道也算不錯。在 4 天 3 晚內的每日三餐，都是團費包的。午餐後，走出餐廳看看，餐廳外沙塵滾滾，週邊還有間小平房，路過的車輛都停在這裏午膳。

飯後，車子又繼續在大草原上飛馳。在蒙古國，離開城市，就是草原、草原又草原。

中午，我們到達哈斯台國家公園，一個蒙古野馬培育繁殖中心的國家公園。今晚，我們會在此宿一宵，明天會回烏蘭巴托，再到東北面的成吉思汗巨像山和特勒吉國家公園。

哈斯台國家公園 HUSTAI National Park

哈斯台國家公園蒙古野馬繁殖中心

哈斯台國家公園有著連綿的翠綠山坡和一望無際的大草原，是世界上培育最優秀且瀕臨絕種威脅的蒙古野馬繁殖中心。中心內的陳列館介紹蒙古野馬——蒙古野馬身材較嬌小，但耐寒，耐熱又耐飢渴，是蒙古的國寶之一。過去蒙古軍馳騁縱橫，統一中國已至歐亞地域，蒙古野馬的祖宗們，是立下無數汗馬功勞的功臣。

哈斯台國家公園入口處的蒙古包營地

哈斯台國家公園內的野馬群

正在交頸相談的兩隻成年野馬

車子駛入哈斯台國家公園，我們開始看到遠處的一羣羣野馬，分散在連綿的山嶺和山腰上。車子再駛進公園深處，看見有人向着前面的山坡走去，我們不期然的往他們走的方向望，呀！有數隻馬在近距離的山坡上吃草，導遊說，這就是我們的目標──蒙古野馬。我們快步跟著這幾個人走，走到約一百米的距離處，導遊叫停，也叫前面的人停下來，因這是觀馬的規則，太近距離會影響野馬的生活，牠們會跑掉或影響生育的。我們站在一百米外的草地上，中間隔著一條寬潤深墾的山坑，靜靜地望向山坡上的野馬群。野馬靜靜地吃著草，其中有兩隻成年的野馬在交頸相談。野馬身型短小，頭大腳粗，四蹄像穿了黑靴。導遊放低聲線，輕聲地介紹野馬群的生活。她說，野馬是一夫多妻制，一群中只可有一隻成年的

蒙古野馬

189

雄性野馬，其他的野馬都是牠的妻妾或子女。如群中的小雄野馬成長了，牠必須要離開群組，另立一家，否則會被此群中的唯一成年雄野馬殺死，或互相廝殺而死。牠們每個野馬家庭，各自佔據山頭不同地域，互不交往。所以我們在這裡，看到的都是八至十隻的一小群家族，分散在不同的山頭或山坡上。我們靜靜地聽着導遊解說，突然有頭小馬，好像發現了我們的存在，驚恐的跑到大馬旁。不久，我們就看見一隻較高大的成年馬，好像在發脾氣的噴著氣，踏著腿，領這群野馬走向山坡的樹林石柱間消失了。

在天空飛翔的大鳥和它們停泊處

回程的時候，導遊遞給我們望遠鏡，朝着她指向的山峯方向瞭望，天空上有幾隻大飛鳥在盤旋飛翔，她着我們望向牠們停下來的地方，果然，那裏有多隻鷲在盤據，啊！這應是牠們的巢穴吧。車在國家公園內繼續找尋野生動物，野兔、野鼠偶爾看到。不久，國家公園的管理員駕著摩托車來，停在我們的車子的司機旁，說了幾句話，原來是公園關閉的時間快到了，他著令我們車子要離開這裏，因晚上是動物們休息的時間，所有遊人必須離開，以免影響野生動物的生態環境。

今晚住在哈斯台國家公園內近入口處的蒙古包內，這公園設有公共的，現代化的淋浴間和廁所間，所以住在蒙古包內的客人，也可到外面用這些公共設施。

8月15日早上起來，梳洗過後，又踏上車程向著烏蘭巴托的方向行駛，因下一站的目的地是成吉思汗巨像和特勒吉國家公園，此兩地的位置在烏蘭巴托市的東面。我們二天前造訪的牧民家庭，沙漠和哈斯台國家公園都是在烏市的西面，所以要折返回烏市後再東行，才可到達成吉思汗巨像和特勒吉國家公園。

　　四驅車又在連綿的草原上飛馳，我們除看到更多的牛羊群外，也看到沿途上不少薩滿教的彩布柱。薩滿教是草原上最古老和神秘的宗教，起源於史前時期，現仍可見於蒙古草原和西伯利亞地域一帶。薩滿教有神奇的宇宙觀和靈魂觀念，它表達了原始先民

薩滿教的彩布柱

想與大自然溝通的一種天人合一的純樸觀念，和對生活美好的願望。

　　到達烏蘭巴托，司機把車駛入一個汽車中心，換了一輛白色的房車，導遊向我們解釋這是因為四驅車的車牌不可在烏蘭巴托往東駛的道路上行駛，我們後來才知是被她騙了，根本沒有這回事，主要的原因是四驅車的租車費是 28000MNT/ 日，房車的日租價是 20000MNT，她是承包租車費的，所以由此，她可以節省 2 天共 16000MNT 落入她的口袋中。

　　我們上了房車後，向着東面駛去，下午到達成吉思汗巨像的景點。

成吉思汗巨像 Chinggis Khaan

成吉思汗巨像

　　成吉思汗巨型塑像，在遠遠的草原上已經可以看見，是蒙古商人在距離烏蘭巴托約 54 公哩的地方，斥巨資興建一座高 12 米高的圓形二層樓房，樓房頂上有鋼架支撐著成吉思汗立馬向

前的巨型不銹鋼塑像，像高 30 米，成吉思汗手持刀劍，表情嚴肅，準備出發。圓型樓房內有博物館，館內展示匈奴、突厥及元朝珍貴文物。樓房內還有餐廳、禮品店等。樓房內有電梯到達馬頭，站在馬頭前的遙望台上向下望，可見多名策馬的將軍塑像在樓房下的廣場上，等待著成吉思汗發施號令。再往前看，是一望無際的大草原，壯麗山河，將自己化作是成吉思汗，騎馬奔向遠處的肯特山和圖拉河進發。

圓型樓房內的蒙古巨靴

蒙古馬頭琴

蒙古牧民的馬奶袋

　　拍罷照後，我們的車子又向前東行，到達特勒吉酒店旁的旅舍中心，旅舍有房間和蒙古包的住宿供應。我們這次是蒙古包 4 天 3 晚遊，所以晚上也是住蒙古包，沖身間與廁所則可用旅社附設的現代化設備。蒙古包建在特勒吉支河畔旁。特勒吉河水清沙靚，河畔旁的草坪，青新翠綠，綠樹成蔭，有幾頭馬兒在悠閒地吃著草，我們的晚餐就是望着這幅美麗的圖畫，聽着流水淙淙，開心愉快地吃着。

騎馬踏步閒遊

　　晚餐後稍作休息，導遊安排我們 1 小時騎馬，由馬主帶著我們兩匹馬，在這片美麗如仙境般的草坪上踏步閒遊。

8月16日早餐後，我們便出發到附近的特勒吉國家公園作最後一天的蒙古包遊了。

特勒吉國家公園 Terelj National Park

特勒吉國家公園是個佔地十分廣大遼寬的國家公園，公園內群山環繞，森林處處，流水潺潺，有多個提供蒙古包住宿的營地和旅館，還有一個提供靜修的喇嘛寺院。

喇嘛寺靜修地
Aryapala Meditation and Initiation Center

喇嘛寺院的靜修地佔據了一個大山頭，寺院建在半山中，步行上寺院的兩旁登山路上，豎立了一排排青邊黑板，板上寫滿了藏傳佛教的故事，人生哲理和前世來生的預言占卜。左右山壁石上畫有彩色繽紛的神像和宗教畫，其中的洞穴，導遊說是有人在內禪修。寺內有金光閃閃的佛像和色彩繽紛的經幡，但不覺有前來參拜的善男信女，遊客則不少，可能這裏只是禪修中心吧。站在寺外望下望，是個翠綠的山谷，谷內有數戶人家和梯田，看來是個自給自足的小村莊。

寺院登山路旁寫滿哲理的木板

山壁石上的彩色宗教畫

特勒吉國家公園內還有很多奇型怪狀的石頭，其中烏龜石、仙人石和三友洞，是遊特勒吉國家公園必到的地標。

烏龜石 Turtle Rock

從寺院到烏龜石，是有段不短的車程路，所以到特勒吉國家公園遊，一定要有車代步。烏龜石是一堆嶙峋怪石堆成，但形狀甚像巨型烏龜的岩石，可以從某個角度攀爬。

烏龜石

三友洞 100 Lama's Cave

三友洞

三友洞是另一個遊特勒吉國家公園必看的地點之一，它是在車路邊一堆大石群內的一個山洞。聽說是當年蒙古人民革命黨統治時，提倡「無神論」，當時就有一百個僧侶逃難到這山洞中藏匿避險的。

離開特勒吉國家公園，驅車回烏蘭巴托，已是傍晚時分了。支付了導遊的大漠蒙古包遊的旅費後，在酒店聽了個不太高興的消息：有一個韓國大工作團入住我們現時的酒店，酒店把我們早前已訂好的兩晚房間安排給了這團人了。我們於是與酒店經理交涉，最後他願意車載我們到附近的同等級商務 J 酒店（房價連稅 HKD600/晚，包早餐），也安排司機兩天後免費接送我們到火車站乘火車回北京，再者，為了表示他的歉意，他請我和外子觀賞一場很有蒙古特色的喉音歌唱表演，事情也就解決了。

1 成吉思汗廣場 6

烏蘭巴托市中心

　　J 酒店靠近烏蘭巴托的商業中心地區,也靠近烏蘭巴托的地標──成吉思汗廣場。早上起來早餐後,便走到成吉思汗廣場走走,拍拍照了。

成吉思汗廣場 (Chinggis square)

　　成吉思汗廣場是烏蘭巴托市內最顯眼和必到的地標。廣場中有一座巍峨宏偉,富麗堂皇,充滿蒙古風格的大型建築物,這就是蒙古國國會大樓。大樓的正中,安放著他們的蓋世英雄──成吉思汗

17/09/2016

成吉思汗雕像

(Chinggis Khan) 坐像。成吉思汗也是我們中國歷史中,元朝時代的開國皇帝元太祖,他打遍天下,曾征服遠至歐洲土耳其的一個超強霸王。現在的蒙古國人仍懷緬他當年之勇,以「成吉思汗」精神為國人的中心思想。所以你若與蒙古人交談,你就會發覺蒙古國人常以「成吉思汗」為傲。

西伯利亞火車之旅六

建國將軍蘇赫巴托雕像

這廣場佔地很廣，很多人都喜在這裡遊覽、溜連、拍婚紗照等。廣場的另一側，是個國家英雄紀念碑，這個紀念碑上騎著馬的是近代蒙古國的建國者蘇赫巴托將軍雕像 Sukhbaatar Status。

廣場外的對面街上，有棟新型商業大廈，外型像半打開的藍色蜆殼，它是烏蘭巴托的新興地標 —— 藍天酒店 Blue Sky Hotel。這酒店附近一帶，集中了烏蘭巴托的銀行，酒店，商業大廈等，是烏蘭巴托市內最繁榮的區域地段。

前面是烏蘭巴托的繁榮區域

藍天酒店

蒙古國國家博物館

蒙古國國家博物館

　　蒙古國國家博物館是蒙古國國立博物館之一，位於成吉思汗廣場後的斜對面。這博物館是集文化、科學、歷史等的教育機構，負責保管、收藏和展出所有藏品，又是蒙古國在烏蘭巴托最知名的博物館。在館內我們看到很多清朝時的皇族和貴族服飾、飾物、官服和官服裝飾物、正紅旗、正藍旗的將軍戰士服飾、裝備、貢品和生活用品等等，由此可知當年滿蒙一家的密切關係。展覽中也有蒙古國近代的科技發展史、太空科技和太空人服裝等等，內容甚豐富，值得一遊。

烏蘭巴托民間藝術館內表演場所

17/08/2016

蒙古喉音歌唱表演

　　晚上，到烏蘭巴托的民間藝術館Mongolian huuhdiyn ordon 欣賞了一場精彩的喉音唱法，票價20000MNT/ 人，要開始表演前半小時到達館址即場購票，不設劃位。表演有精彩的蒙古國技喉音歌唱、馬頭琴彈奏、

軟骨功等等，是值得推介欣賞的蒙古民間藝術文化節目。很多到烏蘭巴托旅遊的外國人仕，都十分響往到場欣賞，所以最好提早到場排隊購票。我們當晚到達場館時，已是人頭湧湧，幸好貝斯特韋斯特戈壁凱爾索酒店的經理陪同我們一起預早到場購票，才可順利入場。小小的表演場地，原本只有一百多個觀眾席位，卻擠滿了二百多人，後到的人也只好席地而坐，甚或站在門口外窺視了。

　　喉音是一種典型運用泛音的歌唱方式，有類似電子琴伴奏下的低音哼唱，是用喉聲產生泛音，與聲帶的發聲產生共鳴，從而可以同時唱出多個音的泛音。是蒙古族中很有特性的的民俗音樂。

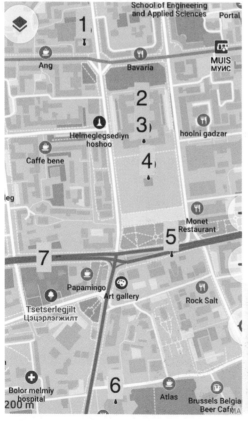

烏蘭巴托市中心圖：
1. 蒙古國國家博物館；
2. 蒙古國國會大樓；
3. 成吉思汗雕像；
4. 成吉思汗廣場；
5. 藍天酒店；
6. 烏蘭巴托的民間藝術館 Mongolian huuhdiyn ordon；
7. 和平大街

列車進入中國國境內

　　8 月 18 日早上 07:15，我們乘坐 K24 列車班次，從蒙古的首都烏蘭巴托到中國的首都北京，需時 28 小時 10 分。這列車是車身綠色的蒙古列車，車上的服務員是蒙古人，車廂也算整潔，也是二等 4 人軟臥。我們喜歡 4 人廂房，因可與來自不同國度的人共處一段不太長的時段，大家可趁機交流，互換旅遊信息。今次同車廂的是來自英國的德國青年，和他也是來自英國的丹麥女友，他們同遊蒙古國 12 天，北京 10 天，然後回國。德國青年滿腹牢騷，說在蒙古國的導遊待他們不好，他們是素食者，早前在英國父親的德國朋友介紹下，參加蒙古國 12 天的德語導遊團，他們二人一團，每人 € 2,500 歐羅，但膳食不好，時常吃不飽，導遊德語差，他們很多時都不明她說什麼。所以到蒙古國遊玩，導遊質素良莠不齊。

　　火車在中途停了數個小鎮，我們在月台上買了些杯麵和蒙古餃子作午餐，晚餐是車上的乘務員友誼性的請我們吃她親手作的蒙古餃子麵，我們也識做的把剩餘的蒙古幣送給她。蒙古幣在蒙古國外是不能用，所以兌換時不要換太多。蒙古國內的遊行團，酒店和大型的商店食肆，都可用美元或信用咭支付。但本地商店或乘公共汽車等，則要以蒙元支付，所以有必要兌換蒙幣使用。

西伯利亞火車之旅六

太陽餘暉下的村莊農舍

無盡的沙漠

沙漠上一群群的駱駝牧群

火車漸漸駛離市鎮，開始在蒙古的草原上飛馳，途中窗外的景色由廣闊的遼原變成了無盡的沙漠，沙漠上出現一群群的駱駝牧群，漸漸的景色越來越荒涼。夕陽西下，窗外的景色又變了，由荒蕪的沙漠變成村莊農舍的輪廓，在太陽餘暉的光影下，看到農舍的屋頂上，很多都裝上了太陽能電子板，同車的德國醫生（很巧合的，我們在這卡車內，又碰到上次從伊爾庫茨克到蒙古烏蘭巴托遊玩的那伙德國朋友），他說我們的列車剛進入中國邊境的內蒙區域了。啊！外蒙內蒙的景緻，竟是如此的不同發展。聽說中國大陸已引入以色列的「滴水灌溉」科技，將內蒙邊疆沙漠地區變成綠舟，也改善了每年北京受沙塵暴肆虐的威脅。

火車國際換輪庫

列車駛入中國二連浩特口岸，是中蒙兩國的第一大陸路口岸。在這裏，中方的邊境人員上車檢查乘客的護照，港澳人士出示回鄉證便可了，乘客通常是不需下車辦理出入境手續的，十分方便。

不久，列車往前駛入一個龐大的建築物內，是「火車國際換輪庫」。所有的火車，從北方的蒙古國進入中國境內，都需要換窄一點軌距的火車底盤才能入境。（俄羅斯，蒙古和中國間的鐵路軌距之差，我在本書前的篇章《西伯利亞火車之旅》已提及過。）我們全車人都要留在車廂內，看著這難得一見的換輪過程。

工人在對面車卡操作換輪工程

列車進入換輪庫後，中國的火車「換輪工人」已見一列排開，等候工作。我們的火車停在兩列的液壓升降台的中間。不久，火車上的車卡逐一被拆解，每卡單獨的，個別的車體停在可調較寬距的路軌上。我們看到車廂旁液壓機上的量度柱度數在變動，整個車廂被升起來了，沒有一點震動和移動的感覺。車卡內的乘客都甚感興趣地站在車廂窗旁，看著對面的車卡在鐵路換輪工人的操作

車輪組件和底盤被推入已升起的火車車卡底部

下，更換不同寬距的車輪和底盤過程。對面的車卡被升起在可調較寬距的路軌上，已沒有車輪在車卡底下了，想必是早前車卡下的車輪已被拖出吧。跟著不久，有多組三排一組的車輪組件和底盤被工人用機器推入已升起的火車車卡底部，跟著升起的車卡被降回到已放置好的車輪組件上，工人檢查和確定好扣接位置後，對面的火車卡已可與另一車卡拼接，緩緩的被另一火車頭拖出火車庫了。

我們在車廂內開始感到所在的車卡下有所動作，便趕忙走到車卡尾部（與另一車卡相連但現在已分離的位置），看著同一列車的後面車卡（早已被升起），車卡底的寬距車輪被抽出，窄距車輪被推入車卡底

窄距車輪組件被推入後面車卡底下

下，跟著車卡降下，我們的車卡也同時降下，想必我們的車卡也已換了窄距的車輪組件吧，工人檢查位置正確後，我們的車卡與後面的車卡回拼，跟著列車被中國的火車頭拖着離開換輪庫，行駛在中國大陸的窄軌鐵路上了，整個過程需時約 90 分鐘。

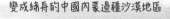

變成綠舟的中國內蒙邊疆沙漠地區

第七站 中國首都——北京

☆時光流逝，掩不住的歷代輝煌起落陳蹟☆

8月19日，火車飛馳在中國境內的內蒙自治區內，向著北京前進，窗外一片綠油油的田野，過了張家口南站，更見一條條的高架橋，架在長滿禾穗的麥田上。火車中途停下來的小站月台，也出奇的整潔，以前的中國大陸

高架橋和長滿禾穗的麥田

火車站月台，給人的印象是垃圾處處，塵埃飛揚，現在的改變真的是令人詫異。同車的德國醫生也奇怪的說，這真是中國境內嗎？為什麼與書上寫的描述不同！哈，可能他看的是多年前的舊書吧，不過，現在我眼看到的境象，事實比想像的整潔多了。

北京火車站

是日中午，到達北京火車站。當天天朗氣清，坐的士到達我們預定的北京諾富特和平賓館（4星級，房價 HKD799/晚，連稅不包早餐），的士費約¥30元人民幣。

　　酒店的服務不錯，我們中午 12 時許已辦理入住手續。把行李安置好後，便到附近的王府井大街逛逛和吃午飯了。

王府井行人專用區

　　2006 年的世界博覽會，我曾到北京旅遊，也曾到過現在的王府井行人專用區，不過，當時的王府井行人專用區是叫王府井大街，街道的環境與現時的行人專用區，其整齊與現代化裝飾設備，與當年的環境相比，

王府井行人專用區

有著天淵之別，如果不是在行人區內偶爾找到昔日的醫館和鐘樓踪影，我以為自己到了另一個也叫王府井的地方呢！

銅製的懷舊塑像

　　這行人專用區內，街道寬敞，地方整潔，有幾個銅製的懷舊塑像立在專用區內的街道旁，供遊人拍照，新型的玻璃幕牆商業大廈與舊有的百貨公司鐘樓和諧並立，LED 的大熒幕廣告，使這裏更添熱鬧，以前亂拋垃圾的遊人，似乎失了踪影，大家都很守秩序的將垃圾放入廢物筒內。賣手信的商店內，仍是人頭湧湧，但擺放出來的食物手信則花樣甚多，令人垂涎慾滴，不買手信習慣的我，也忍不住在店內溜連。

在王府井內遊遊逛逛，拍拍照，驚嘆 10 年的巨大變遷。眨眼間，又是黃昏了，我們今天的餘下節目是到景山公園看「日落紫禁城」。從這裏坐公車到景山公園只需幾分鐘車程。

景山公園 Jingshan Park

景山公園的其中一個入口

景山公園位於北京市西城區的景山前街，西臨北海，南與故宮神武門隔街相望，是元、明、清三代帝皇的御花園，有習射、停靈、祭祖、官學、躬耕，戲曲和宗教等多重功能作用之地。1928 年，民國政府將其開放給人民大眾遊玩，闢為公園。現公園入場收費 2 元 / 人，十分便宜，所以我們遊公園的時候，碰到很多飯後上景山公園散步的本地人（很多本地人是買了年票進出景山公園的）。

景山公園又叫「萬歲山」「煤山」或「梓金山」，是一座人造山，高 89.2 米，也是一座風水山，明朝時依照風水中「青龍、白虎、朱雀、玄武，天之四靈，以正四方」之說，在紫禁城之北必當有山的概念，明朝皇帝遂命人將挖掘筒子河和太液，南海的泥土在北面堆成青山，此山後來因戰略考慮，要儲備足夠的燃料供應紫禁皇城內使用，所以又叫「煤山」。此山其實除風水考慮外，亦有其實際功能，就是阻擋冬天從北面吹入紫禁城的凜冽北風。

景山公園佔地很大，園內松柏蔥蔥，繁花朵朵，夏日的黃昏遊人很多，有人更在公園內跳健康舞。我們走在上山的路上，除有美麗的

鮮花伴行，還有古樹遮蔭。輕鬆的踏在鋪設了石屎的小山路上，聽着從路旁廣播器輸出的悠揚傳統箏蕭樂曲，感到好像當年的皇族貴親到御花園遊樂的愉快。不久，到達山頂處的「萬春亭」，

景山公園內的萬春亭

俯瞰整個北京城，心境豁然開朗，有種「大地在我腳下」之感。「萬春亭」是此山的最高點，從這裡往南面下望，就是整座故宮紫禁城，往北遠看，是北京鐘樓鼓樓所在，東側是街景，摻雜著新的幕牆大廈和舊的飛簷屋脊建築，西側是北海公園的白塔和大湖。我們繞了一圈後，便坐在萬春亭南面的欄杆上，面向紫禁城內一列列的黃瓦屋脊，帝皇居所，看著夕陽西沉，景色由壯麗漸變得模糊，時光流逝，掩不住歷代輝煌起落陳蹟。

景山公園看到的紫禁城全貌

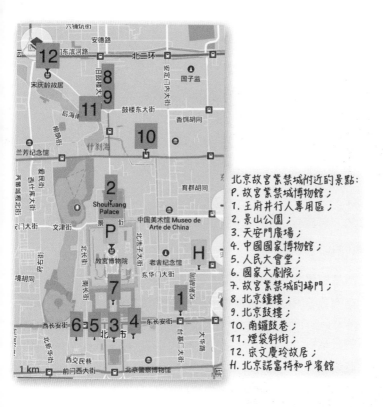

北京故宮紫禁城附近的景點：

P. 故宮紫禁城博物館；
1. 王府井行人專用區；
2. 景山公園；
3. 天安門廣場；
4. 中國國家博物館；
5. 人民大會堂；
6. 國家大劇院；
7. 故宮紫禁城的端門；
8. 北京鐘樓；
9. 北京鼓樓；
10. 南鑼鼓巷；
11. 煙袋斜街；
12. 宋文慶玲故居；
H. 北京諾富特和平賓館

　　8月20日，我們的計劃是到天安門廣場參觀。酒店服務員早一天提醒我們一定要早到，因人多和要安檢，帶備水，太陽眼鏡和帽。我們早餐過後，便坐地鐵到天安門東站下車。到達天安門東地鐵站時，已覺人頭湧湧，跟著人潮往天安門的方向出口，出了閘口，嘩！嚇了我一大跳，只見戴帽的，撐傘的，拖男帶女的人群，擠迫的站在那裏，我問到天安門的方向，他們說他們就是排隊安檢進入天安門廣場的！我問「今天是假日嗎？這麼多人。」他們道「不是，只是暑假期間，很多人都從不同的省會地方，帶孩子或一家到來走走，這段日子，每天都是這麼多人排隊等候安檢的。」啊，明白了。怪不得友善的酒店服務員給我們溫馨提示，因在這烈日高空下排隊，雖眾人都很守秩序，但水，帽，太陽鏡是不能缺的。在擠迫的人群中緩慢地前行，約1小時後，我們經過嚴密的安檢後進入天安門廣場。

天安門廣場

天安門廣場

天安門廣場是北京市中心的城市廣場，在北京中軸線上，南北長880米，東西寬500米，是世界上最大的城市廣場之一。廣場北端有國旗杆，每天都有日出升旗和日落降旗的儀式；廣場的正中有人民英

排隊安檢進入天安門廣場

雄紀念碑，是1989年學生運動的結集點，也是後來發展成六四事件的所在地。跟著是毛主席紀念堂，當日我們在廣場內遊覽時，就看到有很多人在排隊進入毛主席紀念堂，瞻仰毛主席遺容。我們曾多次遊北京，都未曾有機會進入紀念堂瞻仰毛主席遺容，今天我們到的時間，正好是開館天，便跟著排隊了。西面建有人民大會堂，是中國政府的權力中心，最高最大的政治機構會議場所，隔鄰有中國錢幣博物館；南面是前門，前門外是繁忙的大街小巷，北京人民生活區；東面是國家歷史博物館。

毛主席紀念堂 Mausoleum of Moa Zedong

毛主席紀念堂是為
紀念中華人民共和國的
開國領袖毛澤東主席而
建造的，逢星期二至日
08:00-12:00，（每年
的 7 月 1 日至 8 月 31
日是 07:00-11:00）免
費開放瞻仰遺容。進入
毛主席紀念堂也需另一
次的安檢，這次安檢是
不能帶水、相機、手機、
包包和背囊等，參觀的
人可以先到旁邊馬路對
面的寄物處寄存物品後
（寄存物品是以物件大小
形狀和數量收費），再排
隊進入參觀。寄存物品
和參觀的人潮很多，所

人群排隊進入圖片後的毛主席紀念堂

紀念堂前顯示開放時間的電子板

以要預留時間。我們就用了一個多小時的時間排隊，才可進入紀念堂
參觀。排隊中途有導覽手冊和一束束白色和黃色的菊花販賣，手冊一
元一本（是循環使用的環保本），花一束 3 元。人群中有老有少，很多
都拿著鮮花進入紀念堂。

我們進入紀念堂，有工作人員提醒忘記脫帽的人脫帽，竊竊私語
的人肅靜。紀念堂入口的北大廳正中，安放著漢白玉毛澤東主席坐像，
背後是一幅祖國錦繡山河的壁畫。瞻仰廳位於正中，是瞻仰毛主席遺
容的地方，我們看到他靜靜的躺在發著微光的水晶棺內，身穿灰黑色

西伯利亞火車之旅七

的毛主席式西服，安祥的躺着，胸口以下以中國共產黨黨旗覆蓋。進入的人群把黃色、白色的菊花放在水晶棺黑色花崗岩基座外，基座的四週分別鑲嵌了黨徽、國徽和毛主席生卒年份。瞻仰的人羣靜靜的肅立片刻，便要往另一扇門離開。據說，毛主席紀念堂內，有毛主席的真身遺體和蠟像兩種，它們會互相交替擺放，以作持久擺放處理。今次我看到的應是真身遺體，因為雖然只看到頭部，但也覺有肌肉質感。其實，無論真與假，都不重要，重要的是瞻仰人懷著的是何種情懷，感情？歷史？又或是科研？

我們離開紀念堂，在廣場上溜溜，在人民英雄紀念碑前拍拍照，紀念碑前被鐵馬欄著，不能近距離接觸，只見碑上的革命烈士浮雕。剛才擠迫的人羣，來到這寬大的廣場上，已被容納分佈到疏疏落落，零零散散的人羣了。

中午在附近的小店吃個午飯，便走到國家博物館排隊入內參觀。

在中國國家博物館前排隊約 20 分鐘，可以進入購票區買門票了，購票時要出示回鄉證正件，我們只備有副本都不被接納，最後只好望門輕嘆，繼而走到對面的人民大會堂後面的大劇院參觀了。

中國國家博物館

經過人民大會堂，看到這座莊嚴宏偉的中國政府機構，它建於 1959 年，用作召開全國人民大會的所在地，也是人大常委會議和辦公的地方，是中華人民共和國黨和國家舉行政治和外交的場所。過去 30 多年前，我們參加旅行團到北京遊玩時，曾入內參觀拍照，現仍可買票入內參觀，門票￥30/ 人，7-8 月的參觀時間是 07:00-16:00，但如有重要會議，則不會開放參觀了。

國家大劇院

國家大劇院位於人民大會堂西面，它始建於 2001 年，2007 年投入使用及營運，是法國建築師保羅·安德魯設計。劇院的主體建築由外部圍護結構和內部歌劇院，戲劇場，音樂廳和公共大廳及配套設施等組成。外部結構呈半橢球形，所以又叫「巨蛋」，橢球形屋面主要以鈦金屬板飾面，中部為漸開式玻璃幕牆。球殼體外環繞著人工湖，湖外有草地，樹木和花圃，各通道

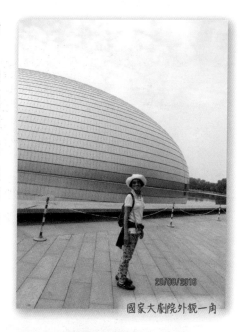
國家大劇院外貌一角

入口都設在水面下。水下通道連接地鐵 1 號線和戲劇院、歌劇院、音樂廳等。我們由北面的行人出入口進入售票處的區域。大劇院可購買參觀門票，票價￥30/ 成人，有導遊帶領和講解。大劇院開放時間：逢星期二至日 09:00-17:00(16:30 停止售票)。

西伯利亞火車之旅七

大劇院內的水下廊道入口處

大劇院內的3個大型主體劇院建築群

我們在 B1 層購票後，在水下廊道入口處，就有國語導遊在等待帶領我們進入劇院參觀。這個劇院真的很大，也很美觀，我們在 B1 層經過水波粼粼的水下廊道後，就看到東展廳，西展廳，橄欖廳，3 個大型主體的劇院池座，南門的水下廊道和小劇場入口等。由手扶電梯上 1F 樓層，有咖啡廳、商店、劇場入口、咖啡廳舞台和二層樓座入場門，還有 3 個看不到的主劇場一層樓座。2、3 樓整層都是 3 個主劇場的二層樓座，2 樓層沒有公共空間，只在 3 樓戲劇場上層，有個新聞發佈室。4 樓是 3 個主劇場的最上層座和藝術資料中心，辦公室和西餐廳。5 樓是公共空間，有花瓣廳和大劇院藝術館。我們到的時候，花瓣廳正在舉行一項免費的印度鼓和民間舞蹈表演，非常熱鬧和精彩，有很多父母帶著孩子來欣賞和參與。我們也在這裏待了片刻。此時，導遊離開我們走了。

在大劇院內自由自在的逛逛，拍拍照，看見很多著名歌劇的佈景造型擺放，塑像和雕刻品，放在1F樓層的公共大廳展覽。遊罷，我們在1F樓層的西咖啡廳喝咖啡和稍事休息。這時，剛巧有隊小型的中樂團在咖啡廳前的小舞台上免費表演。哈，中樂配咖啡！美妙極了！

離開大劇院，坐地鐵回酒店，今晚的晚餐是安排在酒店附近的酒家品嚐著名的北京美食──北京烤鴨。北京烤鴨真的是名不虛傳，皮脆肉軟，到北京旅遊，是必要品嚐的美饌佳餚！

著名歌劇佈景造型擺放

小型的中樂團表演

北京中央軸線內的鐘樓鼓樓

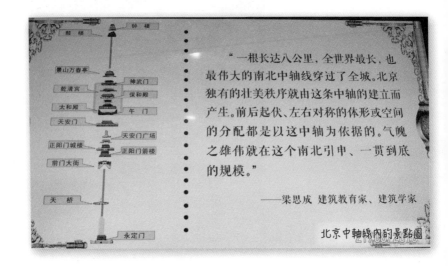

"一根长达八公里，全世界最长，也最伟大的南北中轴线穿过了全城。北京独有的壮美秩序就由这条中轴的建立而产生。前后起伏、左右对称的体形或空间的分配都是以这中轴为依据的。气魄之雄伟就在这个南北引申、一贯到底的规模。"

——梁思成 建筑教育家、建筑学家

北京中軸線內的景點圖

　　8 月 21 日，是旅程最後一天的前夕，我們因過去數年間曾遊北京多次，這裡著名的景點如故宮，雍王府，天壇，地壇等等地標，經已遊遍，所以這次要遊的，是另類也值一遊的北京中軸線內的景點，如鐘樓，鼓樓，和中軸線附近的景點，如南鑼鼓街，煙袋斜街和宋慶玲故居等。

　　鐘樓與鼓樓在元明清時，同被用作晨鐘暮鼓報時之用。北京鐘樓和鼓樓始建於元朝 1272 年，建成不久後先後被大火焚毀，後在明朝年間鐘樓鼓樓先後再在原址重建。1924 年，清朝最後一個皇帝溥儀被驅逐出宮後，鐘鼓樓不再報時，後被改為圖書館和教育館，1983 年恢復原狀。1996 年被列為國家重點文物保護單位，2001 年重新恢復暮鼓晨鐘傳統。鼓樓每天戌時（黃昏 19:00），日暮之時擊鼓一次（暮鼓），稱為「定更」，之後二更至四更時每個時辰（2 小時為一時辰）敲一次鐘，寅時（凌晨 03:00) 稱為「亮更」（即晨鐘）。

鐘樓

鐘樓用灰色的磚石重建牆身以防火災，黑色琉璃瓦為屋頂，風格沉實穩健。鐘樓正中有八角形的鐘架，懸掛一個大明永樂吉日所鑄的大銅鐘，此鐘有「鐘王」之稱，有 63 噸重，高 7.2 米，直徑 3.4 米。鐘旁有個介紹鑄鐘時的故事牌扁。我們當日參觀鐘樓時，聽不到敲鐘聲，但聽說古時北京未有高樓大廈阻擋時，鐘聲可達十里遠。

鐘樓

鼓樓

鼓樓離鐘樓不遠，是同在一中軸綫上的一系列古代建築群之一。（中軸綫是城市設計的中心綫，它由鐘樓起到鼓樓，再貫穿紫禁城直到天安門後的前門大街，再延伸到永定門）。鼓

大明永樂所鑄的大銅鐘

鼓樓

擊鼓表演

屏風香漏和漏香柜

銅刻漏

樓初名「齊政樓」，外表氣勢雄偉壯觀，是一紅牆綠瓦，以重檐三滴水木結構，坐北向南宮殿式的建築物，顏色鮮艷奪目，給人有喜氣洋洋之感，南門前更有一對石獅子。鼓樓內有主鼓一面，鼓皮上留有侵華日軍用刺刀捅破的刀痕。

現時鼓樓內放置了多個大鼓，每天在指定的時段內有擊鼓表演，精彩萬分，鼓動心絃，是場很值得觀看的擊鼓表演藝術。走到鼓樓最高樓層向南望，可看到遠處景山公園的萬春亭，故宮內的神武門，乾清宮等等。

我們買了套票進入鐘樓鼓樓參觀，鼓樓門票 20RMB/人，鐘鼓樓套票 30RMB/人。售票處有標示開放時間和擊鼓表演時段。鼓樓內還有個小型的展覽廳，展出明清時的報時器皿，如屏風香漏、漏香柜、銅刻漏、時辰燭、時辰香等等，和其他各種各樣的報時方式，令人認識到古人在未有現今的鐘錶發明前，也可準確地知道每日的時間分秒。

南鑼鼓巷

在鼓樓東南面附近的南鑼鼓巷，本是北京傳統的胡同（小巷）小區，現已變成北京著名的商業街了。它是南北走向，北由鼓樓東大街，南至地安門東大街，東西各與八條胡同相交。始建於元朝1267年，為原大都中重要的「後市」，設計佈局猶如魚骨狀。在1750年，即清乾

清乾隆時設計的南鑼鼓巷佈局

隆十五年繪製的京城全圖中，已標明為南鑼鼓巷。南鑼鼓巷本為一寧靜的傳統老北京民居，但在1990年代，中央戲劇學院的學生常在此地飯店吃飯，1999年更有第一間酒吧在此開立，到2008年北京奧運會前後，政府，網絡媒體和電視台等公眾媒介常報道南鑼鼓巷的資訊，遂將南鑼鼓巷的知名度提升，政府後來更銳意發展此處成為商業旅遊區。很多國內外國家元首，如當今中國國家主席習近平，德國總理墨克爾，美國副總統拜登，台灣國民黨榮譽主席連戰等等，知名人仕也曾到此一遊。

南鑼鼓巷可坐地鐵在南鑼鼓巷站下車向北走便是。這裡是商業旅遊區，有文青小店、手工藝品店、紀念禮品店、飯店和酒吧等等，但它的建築主體群仍保留著中國元明清時代的建築風格和北京傳統的四合院。

南鑼鼓巷內有很多著名的食肆，如「文宇奶酪」，這是清宮廷奶點之一，採用鮮牛奶、白糖、糯米酒，經烤制而成，味道獨特，是老北京知名小吃。

黃圈是南鑼鼓巷內的門當

黃圈是門當，藍圈是戶對

沿著胡同走，漸漸胡同由商店變回住家或民宿，街道小巷兩旁的民房仍是明清朝代的建築物，屋子的門外還可看到不少門當戶對（門當是中國古代房屋大門前左右兩側相對而置的石墩或石鼓，有避鬼的作用；戶對是中國古房屋大門楣上方或兩側的圓柱形木雕或雕磚，通常為一對（即 2 個）或一雙（4 個），戶對上面大多刻有瑞獸珍禽圖案，代表屋主身份的象徵）所以遊南鑼鼓巷，令人有時光倒流，生活回到 500 多年前的古街道和建築物群中（「門當戶對」在過去的中國封建社會時代，被視為階級身份的對等婚嫁習俗）。胡同內有三輪車可代步。小巷街道整潔，暗處有公安，可安心遊覽。

煙袋斜街

　　煙袋斜街在鼓樓的西南面小區，東起地安門外大街，西到小石碑胡同，東西斜形走向。清朝時因此街有很多經營煙具用品的店鋪，其中「同合盛」和「雙盛泰」兩店鋪更為慈禧太后通洗煙槍服務，十分知名，加以當地地形似煙袋，故稱「煙袋斜街」。

煙袋斜街

　　現在的煙袋斜街經過改造後，再現了老北京青磚灰瓦的屋宇建築風格，街上的店鋪更以經營民族服裝、古玩、茶具、煙具和手工藝飾品等為主。2010年，此街被授予「中國歷史文化名街」稱號。2011年，中國郵政更在此開了一所仿清的郵政所，門外掛上藍底金字的「大清郵政信櫃」匾額，門外立有一個梳著清朝辮子的小男孩塑像，他把手中的信

「大清郵政信櫃」門前的清朝男孩塑像

件放入一個仿古的郵筒內。這裏雖不可收發掛號信和包裹，但可寄出普通信件和明信片。

　　我們在街上行行，拍拍，一陣陣烤肉香味飄過，我們被引誘到了一間回族人開的燒烤飯店「李記串吧」，在那裡享受了一頓滋味的回教清真風味的燒烤羊肉午餐。

　　離開飯店，坐胡同內的三輪人力車到「宋慶玲故居」一遊（車費20RMB）。

西伯利亞火車之旅七

宋慶玲故居內的亭台樓閣

宋慶玲故居

「宋慶玲同志故居」是國家 3A 級的旅遊景點，位於西城區後海北沿 46 號。車行經過一條條的小巷，沿著後海湖畔前行不久，就到達「宋慶玲同志故居」門前，我們買票（票價 20RMB/ 人）進入園內。園內是一列充滿中國古代紅牆綠瓦建築風格的建築群，亭台樓閣，迂迴曲道，和一個綠樹垂蔭的小池塘，它本是清康熙年間，為大學士明珠的府邸花園，乾隆年間為和珅別園，後又為各朝如嘉慶，光緒和末代皇帝溥儀等的王府花園。新中華人民共和國成立後，改建為宋慶玲在北京的住所，並在原有的建築群西面連接了一座兩層高的小樓，使之成為一座優雅安適的庭院，宋慶玲生前，就常在這棟小樓中生活。故居內還有宋慶玲的坐像，孫中山先生和宋慶玲伉儷的照片和他們生前的事蹟展覽。

宋慶玲故居入口處

離開「宋慶玲同志故居」便回酒店附近的王府井大街購買手信，準備明早飛回香港了。

8 月 22 日早上，吃過早餐後，便悠閒的別過友善的酒店服務人員，坐機場專車到達北京首都機場，乘飛機回港，結束這愉快完滿的 40 天旅程了。

夕陽西下的北海公園白塔

聖瓦西里升天大教堂內的
「恐怖沙皇」伊凡四世大帝畫像

奢華瑰麗的隱士廬博物館內的展品

221

聖彼得堡隱士盧博物館內英姿凜凜的彼得大帝畫像

在彼得霍夫宮老式宮殿內的掛畫，她會是彼得大帝的摯愛嘉芙蓮一世嗎？

後記

Professor Philip Cheng, 鄭樹英教授曾在我的第一本書《退休逍遙遊（一）》中撰寫序文，今次徵求他的同時意下，我重用他在我第一本書寫的英文序，因本書講述的俄羅斯，蒙古國和中國北京旅遊資訊，雖內容地點與第一本講述《南美各國》的見識和體驗不同，但本書記載旅途中的人與物，事與境，同樣多彩多姿，同樣包含了多種不同領域的探索。書中我們除了以遊玩者心態欣賞週遭的景緻和文化特色外，更以逍遙遊者的心境感受各地人民的文化背景和歷史進程。

另一位為本書寫序的朋友，是我多年好友 Alice，她本人博學多才，學貫東西，每年經她指導和推薦入讀美國著名大學攻讀各科的國內外學生不計其數。今次她為《退休遙逍遊（二）》寫序，是本書點晴之舉。

Alice 為人樂觀積極，博覽覽群書之餘也喜踏遍世界地球每個角落，她相片背後的銅像，就是她到愛爾蘭旅遊時，在愛爾蘭著名作者兼大文豪 James Joyce 的銅像前留影的。

我們這趟在俄羅斯和蒙古國自由行，雖言語不通，但旅途是愉快的。喜愛到世界各地旅行，通識各國語言當然最理想，但很多時都不可能，我這次的旅行體驗，除了借助手機上的翻譯軟件外，身體語言和圖像表達，才是貫通異地文化的最實際溝通方式。

退休逍遙遊 (2)

作　　　者 ： 余陳賽珊
編　　　輯 ： Annie
封 面 設 計 ： Steve
排　　　版 ： Leo
出　　　版 ： 博學出版社
地　　　址 ： 香港香港中環德輔道中 107-111 號
　　　　　　　余崇本行 12 樓 1203 室
出 版 直 線 ： (852) 8114 3294
電　　　話 ： (852) 8114 3292
傳　　　真 ： (852) 3012 1586
網　　　址 ： www.globalcpc.com
電　　　郵 ： info@globalcpc.com
網 上 書 店 ： http://www.hkonline2000.com
發　　　行 ： 聯合書刊物流有限公司
印　　　刷 ： 博學國際
國 際 書 號 ： 978-988-79344-3-1
出 版 日 期 ： 2019 年 6 月
定　　　價 ： 港幣 $88

Published and Printed in Hong Kong
如有釘裝錯漏問題，請與出版社聯絡更換。